FINCHE' C'E' VITA...

di Luigi Lucaioli

ALLA VITA... E A QUANTI HANNO CREDUTO IN ME A
MIA MOGLIE CHE SEMPRE MI SOSTIENE

PRESENTAZIONE

"Finché c'è vita..." è una raccolta dei racconti scritti in tanti anni da Luigi, la sua prima raccolta. La sua realizzazione è stata impegnativa e ha richiesto una mole di lavoro non indifferente, soprattutto da parte mia, ma anche molto piacevole. Raccogliere tutto il materiale, selezionarlo, fare le correzioni necessarie e predisporre il libro è stata anche un'esperienza molto interessante perché mi ha permesso di indagare nel profondo l'animo gentile e generoso ma deciso, di mio marito, di conoscere momento e esperienze della sua vita passata che hanno fatto di lui l'uomo che ho incontrato nel mio percorso di vita.

Abbiamo suddiviso la raccolta in due parti: la prima dedicata ai racconti autobiografici, la seconda alla narrazione di fantasia o ispirata a eventi e persone che hanno colpito l'immaginario di Luigi.

I racconti autobiografici, disposti cronologicamente, partono dalla sua infanzia (*"Un sacchetto di biglie"*, *"Un tuffo nella* marana") attraversano la giovinezza ("Al largo", "La confessione", "Avventura fiorentina", "Il circo", "Amore negato", "Tony", "Il posto più strano") fino all'età adulta ("Natale'70","Quel brivido", "Fu amore o era un calesse","Racconti di un viaggio in treno", "Errare è umano perseverare...", "Alla ricerca dei passi perduti"). Momenti di vita che riaffiorano dalle nebbie della memoria e si imprimono come pennellate di colore nel quadro dei ricordi, narrati con quel suo piglio, tipico della romanità, spesso accentuato anche dall'utilizzo di espressioni dialettali, se non veri e proprio dialoghi in romanesco.

A volte sono racconti brevi, attimi di vita, sprazzi, flash che tornano alla mente, altri sono narrazioni più lunghe che ci appaiono come vere e proprie confessioni, analisi, bilanci di una vita pregnanti di nostalgia, rammarico, tenerezza condivisi con i lettori che sembrano quasi assumere il ruolo dello psicologo che ascolta, si commuove, partecipa, condivide emozioni ma non giudica, empatizza.

E un pò di sé, delle sue esperienze, del suo essere uomo lo ritroviamo anche nella seconda parte, nei racconti frutto della sua fervida fantasia, ispirata a volte da fatti di cronaca o di cui ha sentito parlare come *"Gei & Gei"*, *"Lo sbirro"*, *"L'ultimo istante"*, *"Quel maledetto rave"*, *"Sui binari dell'eros"*, *"Yesterday*, *"Anna e Marco"* oppure da persone che ha incontrato, dalle loro storie e vicissitudini come *"Angelina"*, *"Storie d'altri tempi"*, *"Voglia di tenerezza"*, *"Finalmente a casa"*, *"Una storia dentro la storia"*.

Ma ci sono anche racconti che narrano di desideri reconditi come *"L'isola che non c'è"* dove il desiderio del protagonista è espressione di un sogno mai realizzato dell'Autore. Poi ci sono racconto che sono dettati da spunti di riflessione come *"Un improbabile St. Klaus"* e *"L'uomo è cacciatore?"*.

Una nota particolare meritano invece alcuni racconti.

"Nanni Parenti e il delitto di Castelbuono" dove l'investigatore protagonista della narrazione lo si può ritrovare anche in altre due storie che ho scritto io: *"I delitti dell'isola"* e *"I misteri del lago Pantano"*.

"*Quattro piccoli anziani*" è un racconto che abbiamo scritto insieme, mentre "*Diario segreto di Laura K*" è diventato in seguito una storia più articolata della quale prima o poi vedrà la luce.

Infine il racconto che ha dato il titolo alla raccolta "*Finché c'è vita...*" che avrebbe dovuto entrare di diritto nella prima parte ma che invece abbiamo scelto di collocare a chiusura del libro perché in quella semplice frase Luigi ha sintetizzato tutta la sua vita, spesso non facile. Scritto nel 2016, quando già ero entrata nella sua esistenza, con poche righe ci illustra come sia giunto all'approdo sicuro, dopo i marosi affrontati per anni (tanto per usare una metafora che ricorda quel suo mare tanto amato) per raggiungere ciò che ha sempre sognato, inseguito, ricercato e desiderato: il mare della serenità.

E sono felice di farne parte.

Stefania

INTRODUZIONE

Quante volte mi sono sentito dire:<<Perché non scrivi la tua biografia?>> solo perché mi piaceva raccontare i miei ricordi, così in ordine sparso. Solo oggi, grazie a mia moglie Stefania che, come una psicologa, mi ha incitato a ripercorrere il mio passato, con il suo lavoro certosino e pazienza, ho ricostruito il puzzle di tanti anni.

Sempre lei ha fatto sì che due racconti, "*Un amore due destini*" e "*Il giardino giapponese - Ritorno a Okinawa*" (si possono trovare su Amazon) abbiano visto la luce e prima ancora ha raccolto una serie di poesie in un libro stampato, disegnato e impaginato da mia figlia Marta, "*Ascoltando la risacca*" (anch'esso su Amazon e l'edizione originale può essere richiesta direttamente a me).

Se 35 sono i racconti che ho scritto e che vorrei condividere con quanti mi leggeranno, altrettante poesie, con il lavoro meticoloso di mia moglie, le pubblicherò prossimamente.

Grazie dunque a lei se in questi anni sono riuscito a produrre su carta quanto nella mia mente andava e tornava come una risacca che, solo la pace e la serenità ritrovata mi hanno permesso di mantenere in vita.
Grazie a tutti.
Giggi

PRIMA PARTE

RICORDI D'INFANZIA

UN SACCHETTO DI BIGLIE

<<Pieeeeeeeeetruuuucciooooooooooooooooo!!!!!!!!!!>> era così che la mamma chiamava suo figlio, dal 5°piano di quella palazzina delle case popolari di Ostia Antica, costruite in fretta e furia, per gli sfollati dai bombardamenti dell'ultima guerra. Una gioia immensa per i figli nati dopo, in quella zona c'era tanto di quello spazio libero (ancora non si erano aperti gli scavi del porto di Ostia).<<<Ecchimeeeeeeeeeeeee!>> rispondeva Pietro, se era a tiro di voce.

Mingherlino, con una gamba più piccola, per via della polio. Tutta la banda dei ragazzini (credo che Molnar, nel suo "I ragazzi della via Pal" si sia ispirato a tutti i figli del proletariato, a prescindere dalla nazionalità) lo chiamava, ma credetemi, senza cattiveria "lo zoppetto".Non c'era bisogno di voltarsi per vederlo correre claudicante verso casa, lo si sentiva dal suono delle biglie che teneva in un sacchetto allacciato alla cintura. Piccole sfere di vetro, colorate come un caleidoscopio, ma anche altre, i "boccini" che servivano a colpire le biglie dell'avversario, in quelle interminabili partite che duravano interi pomeriggi. Vorrei tanto conoscere l'origine di questo gioco, per associazione di idee, lo paragono al golf perché anche in questo gioco, si devono centrare buche, come quelle del golf ma non ci sono mazze, né ferri, solo le mani. Quante cose, con le mani i ragazzi degli anni '50, sapevano fare! Come il gioco della "nizza" i profani, potranno informarsi tramite google, quel gioco, si poteva paragonare al baseball americano, ma anche lì, non c'erano mazze: solo manici di scope, che i ragazzi, furtivamente, "portavano via", dagli usci delle case!

Ma torniamo al protagonista della nostra storia: Pietruccio. Orgoglioso e fiero, di mostrare le sue biglie, ogni volta che gli veniva chiesto, pieno di vanto se vinceva, ma gli occhi gonfi di lacrimoni, quando doveva cederne qualcuna, perché aveva perso, ma il giorno dopo, di nuovo a correre, con il suo sacchetto di sfere colorate, ricolmo di sogni.

UN TUFFO NELLA MARANA

Noi ragazzini di borgata, nati appena la guerra era finita, senza tante risorse, ma tanta voglia di vivere la vita, ci riunivamo in bande.In confronto a noi, le cavallette della Bibbia, erano solo una favoletta. Quando passavamo noi... pomodori, meloni, cocomeri, fave... non c'era stagione che sfuggisse alla nostra fame.A gruppi di trenta, facevamo incetta di quanto c'era di commestibile al nostro passaggio. Ma quello che ci faceva sentire "grandi", era la caccia alle anguille alla marana (torrente naturale) che guadavamo scalzi, in cerca delle "fascine" dove le anguille andavano a riprodursi. Tirate su e sbattute sulla riva, un fuggi fuggi "sguillante" e noi alla cattura senza dare il tempo a nessuna di raggiungere l'acqua. Quelli erano trofei! Che tempi! Eravamo portatori di ricchezza e non lo sapevamo! Eravamo generosi, regalavamo i nostri trofei, per vanto. Oggi invece è un lusso e tanto! Ripercorrendo quei ricordi, immagino coloro che tornano, sconfitti, ma ancora in grado di fare un giro in mezzo al guado.

AL LARGO

«ANDIAMO ANDIAMO signori! Accomodarsi a bordo che siamo in partenza»«BAMBINI PIANGETE! Così le vostre mamme vi portano a fare una gita in barca. Andiamo a trovare i delfini! »Ancora oggi mi risuonano alla mente quelle parole, le mie. Mi divertivo a fare da "imbonitore", per invogliare la gente a salire sulla motobarca: LA NAVE.Dall'alba al tramonto, per 5 mesi sempre a bordo.A volte anche di notte, per la battuta di pesca, al punto che sceso a terra, non riuscivo a stare in equilibrio.

«Forza gente! Fuggite dalla sabbia rovente, venite a respirare "salso iodico"»>Ormai vecchio, mi sembra di sentire tra le narici l'odore del mare. Sempre più convinto di essere stato, in una vita precedente, un animale marino.Immensa è l'attrazione che esercita su di me.Neanche il freddo pungente dell'inverno mi fa desistere di andare a respirare, di sentirmi la salsedine sfiorarmi la pelle, mi fa sentire tutt'uno con esso. Potessi scegliere, vorrei un funerale da marinaio. Portatemi al largo, lasciatemi scivolare tra le onde, per ricongiungermi col mio elemento, in un abbraccio eterno.

gigi 2015

LA CONFESSIONE

Provo a raccontare una storia vera, cercando di addolcirla con attenuanti del tipo errori di gioventù, incoscienza ma la verità vera è che mi sono comportato come un pezzo di m...a.

Veniamo ai fatti. Avevo 16 anni, in piena tempesta ormonale e con l'egoismo e il cinismo che si ha a quell'età; noi "maschietti" gareggiavamo a chi conquistava più ragazze. Mi sentivo bello e, in un certo qual modo, piacevo alle ragazze, mai avrei immaginato che di lì a poco mi sarei innamorato. Che strano, si dice che il primo amore non si scorda mai, sarà inteso come un piacevole ricordo che ti farà compagnia nell'arco della vita? Forse sì, ma per me è solo un dolce-amaro ricordo pieno di rimorso, per non essere stato capace di chiedere perdono quando era il momento di farlo.

Lei, Marida, la chiamerò così, non era la classica "bella ragazza, bbòna", tutt'altro: magrissima, sembrava passata sotto la pialla di San Giuseppe, eppure aveva qualcosa che mi aveva attratto al punto di voler passare il mio tempo libero solo con lei. Abbiamo cominciato a considerarci due "fidanzatini", avevamo 16 anni nel 1966, i suoi genitori si erano affezionati a me. Eppure, malgrado ciò, la mia immaturità (non lo dico come giustificazione) mi ha portato a fare del male a chi mi aveva accolto a braccia aperte. Lei già lavorava come apprendista mentre io, scapestrato, lo facevo saltuariamente anzi, durante l'estate abbinavo il lavoro al piacere, passandola a fare il "bagnino" in uno stabilimento balneare.

Fu lì che commisi il mio "peccato di gioventù". Negli anni '60 nei locali pubblici non poteva mancare il juke box e nello stabilimento balneare dove lavoravo, sotto una piattaforma, si ballava: bastava mettere la moneta e scegliere la canzone preferita.

Stavo ballando il classico lento "della mattonella", io in slip da bagno e lei, che non era la mia fidanzatina, era in bikini. Quel giorno Marida era rimasta a casa perché non si sentiva bene così, per evitare che io passassi a prenderla sul lavoro, mandò la madre ad avvertirmi. Il tragitto da casa loro allo stabilimento era breve e la mamma, in bici, esaudì la richiesta della figlia. Lascio a voi immaginare la scena: io avvinghiato come una piovra alla ragazza in bikini e la mamma di Marida che vendendomi si mise a urlare il mio nome "Luigi!!!!" e se ne andò senza dire altro. Io meschinamente mi rivolsi alla ragazza scusandomi con un "mia madre". Alla sera, finito il mio lavoro si liberava la spiaggia da sdraio e ombrelloni e si ripuliva l'arenile fino alle 21.00. Era un orario che mi avrebbe permesso benissimo di recarmi a casa di Marida per chiedere perdono per la gran "coglioneria" che avevo commesso ma, per paura di essere preso a botte dal suo papà, vigliaccamente non ne feci nulla. Quel che è peggio è che aggravai ancora di più la situazione quando suo padre, per il bene della figlia che stava soffrendo per colpa mia, venne a chiedermi di passare da casa per un chiarimento, cosa che non feci, senza rendermi conto che quell'uomo si era umiliato davanti a me, piccolo bastardo insensibile, codardo che non ebbe il coraggio di affrontare le proprie responsabilità.

Dopo qualche mese ci fu l'alluvione di Firenze e, insieme ad altri ragazzi, approfittammo di quel brutto evento per fuggire dalla nostra realtà cercando di far qualcosa di utile e di bello, almeno una volta (almeno per me).

Tornato da quella "avventura" qualcosa in me era cambiato, al punto da allontanarmi e isolarmi dalla solita compagnia. Avevo ancora in mente quanto mi era accaduto con Marida, anzi ne ero ancor più consapevole, sapevo che dovevo affrontare questo rimorso che mi pesava sempre più.

Conobbi T., lei aveva 21 anni, 4 più di me. Mi aveva notato visto il mio comportamento schivo. Non andavo più, quando mi chiamavano, sotto la piattaforma, nella "sala da ballo", restavo da solo a leggere, isolandomi da tutti. Si avvicinò a me, si era incuriosita al punto da venire a chiedermi i motivi di quel mio modo di fare. Rimasi colpito prima di tutto perché era una bellissima ragazza, ma anche perché mi aveva stupito il fatto che si interessasse a me e non sapevo ancora quanto avrebbe influito sulla mia vita futura, ma questa è un'altra storia che forse un giorno racconterò. Quando le raccontai ciò che mi tormentava mi disse che, per il fatto che fossi consapevole del male fatto, avevo compiuto un passo avanti, ero pronto ad affrontare il mio "mostro".

Non so se essere più grato per i mesi vissuti con T. o per quanto mi avesse aiutato a maturare e diventare uomo. Poi gli eventi, la vita, il lavoro ecc... tutti fattori indipendenti dalla mia volontà, mi hanno allontanato sempre più da quanto mi ero ripromesso di fare.

A distanza di anni, ne avevo già 46, ero stato sposato, ora libero di tutto il mio passato, andai a cercarla. Avevo chiesto di lei, sapevo dove viveva e cosa faceva, volevo liberarmi di quel peso greve come un macigno. Quando mi presentai a lei, non mi fece neanche parlare, si allontanò da me negandomi la possibilità di chiederle perdono. Capii che non mi aveva e non m i avrebbe mai perdonato.

Non ho più cercato di contattarla, ma ancora oggi pesa sulla mia coscienza questo rimorso. Lo scrivo qui, chiedendole mille volte perdono, anche se probabilmente mai leggerà questa mia confessione. Non è per liberarmi la coscienza, il male fatto rimane, ma io continuerò a chiedere perdono finché vivrò.

Giggi
Foligno 2023

AVVENTURA FIORENTINA

Dovete da sape' che ormai co' mi mojie so' come un libro aperto, sa tutto de me e m'ha detto che st'antro sprazzo de gioventù ve lo devo ariccontà, così com'è, paro paro.

Fu ar tempo de l'alluvione de Firenze, 'na traggedia che scosse tutto er monno e che da tutto er monno se precipitorno ppe' dda' 'na mano pe' risollevà le sorti de que la civiltà, patrimonio de l'umanità. Così co' n'antri du' pischelli come me, a 16 anni, riempimmo 'no zaino, 'n borzòne da palestra e facemmo er dito (autostop) 'ppe Firenze... e vvai cor tango! Ma nun chiamtece angeli der fango.

Era 'na scusa, un modo ppe' gustasse n'avventura, pe' girà e conosce un po' de monno. Ppe' noi era na Tore de Babele, nun ve so' ddi quante lingue sentivamo, però a gesti noi ce capivamo. Arivò n'omo granne (persona adulta):<<Voi, che incarico avete?>> rivolgendosi a me e artri cinque che stavamo vicini.

Uno del posto disse:<<Quello è il Professore (....)>>

<<E mme cojoni!>> me scappò de botto; al che sentii 'na risata bella, a gola aperta. Era 'na ragazza co' ddu' occhi più belli der cielo, 'na montagna de capelli ricci e biondi, 'nzomma era propio bella!

<<Te tu sei romano, ovvia...>> nun lo saprebbe pronuncià, ma se nun me ricordo male, disse propio così come l'ho scritto.

<<Il Prof. vuole che formiate una catena, un metro l'uno dall'altro e vi passiate i libri che prenderà quel vigile del fuoco>>

Cominciammo così la nostra avventura fiorentina. Del gruppo 'ndo stavo io ero l'unico Italiano e nun parlavo lingue. Dopo 2 o 3 tentativi col francese, inglese, tedesco, er primo puntannose er pollice sur petto:<<Braian>> (oggi so che se scrive Brian) e via via tutti l'artri. Qui la ragazza che ho descritto prima, passava in giro a chiede chi voleva beve e a portà la colazione; me se rivorze a mme:<<Ho solo la focaccia, però ti ho messo la "mortazza" come dite voi romani>>

Me guardava e me sorrideva e più me guardava e più me squajiavo. Je stavo quasi pe' ddi':<<Ma che me fa la cojonella? (Mi prendi in giro?)>>.

Ppe' risposta me disse che nun capivo 'na sega e ridenno se ne annò! Seppi dopo che je piaceva er dialetto mio e che io je stavo pure simpatico.

Intanto c'avevano allestito drento a un tendone tutte brandine, ognuno se ne prese una, me ritrovai co' l'amichi mia, ce raccontammo de quello che facevamo. Loro erano capitati co' tutti Italiani invece io...

<<Ma come fai co' tutti quei stranieri? Che vve dite? Come fate a capivve?>>

<<Ahò, co' er linguaggio de li segni, no quelli de li muti, quello internazionale: co' li gesti! E poi nun è che c'avemo tanto da parlasse, lavoramo a catena>>

Poi pe' famme granne je dissi pure:<<Ce sta pure 'na pischella che ce porta da magnà e da beve e mme sa che je vado pure a cecio (le piaccio)>>

<<Seeeee... eccallà ha parlato Rodolfo lavandino!>> (trad. Eccolo là ha parlato Rodolfo Valentino).

Pure se so' passati più di 50 anni, ciò ancora un bel ricordo, co' 'na settimana ho visto un sacco de gente, de tutti li Paesi, che m'ha fatto veni' voja de conosce er monno, invece nun so' manco riuscito a imparamme l'inglese. Ma er ricordo più bello è quello che me porto dietro ppe' ddu' motivi: er primo è stato quello che ancora oggi nun ce credo manco io, me pare ancora come un zogno, come fosse stato un firmme! Era l'urtima sera che stavamo lì, dovevamo torna a casa, l'amichi mia lavoravano, meno che io, ma da solo nun sapevo che fa', così a forza de' gesti e a parole mie, salutai quei compagni d'avventura, in quer momento me stava a guardà e traduce la "riccia mia".

<<Così domani parti?>>

<<Eh sì, ciò dda lavorà>> (Buciardo!)

<<Forse per cambiarti, dovrai prima lavarti>>

<<Ahò, vorrà ddi che appena arivo ar mare (abitavo a Ostia), me ce butto a co' tutti li carzoni!>>

<<Non ti piacerebbe farti una doccia?>>

<<E 'ndò? A chi lo chiedo?>>

<<Puoi venire a casa mia, dormire qui e partire domattina insieme ai tuoi amici>>

<<Ma i tuoi genitori non dicono niente?>>

<<Se ci fossero, non avrei problemi a chiedere e loro non direbbero di no, sapendo di cosa si tratta, ma ora è meglio così, staremo soli>>

Beh! Dovete da capì, c'avevo 16 anni e pe' certe cose, nun ariva mai a concrusione, sentimme di' così, me fece sentì un certo nun so che…. Tant'è che appena arivati me sentivo un po' in imbarazzo. Posai il borzone pe' tera.

<<Il bagno è di là>> e mi accompagnò <<Non ti spogli?>>

<<Beh…>>

<<Capirai! Pensi che non ne abbia mai visto uno?>>

Inzomma, dovete da capi'… me sbrigai a buttamme sotto la doccia, ma nun feci a tempo a chiude lo sportello: se spalancò e… lei era lì, tutta nuda! Avoja d'annisconneme! Ormai l'arza bandiera era in atto!

<<Non l'hai mai fatto così?>>

Mo se nun descrivo più la cosa è pe' ddu' motivi: uno pe' rispetto e l'antro è perché non ci furono più parole. Nun m'aricordo quanno che me so' addormito. So solo che la matina dopo, c'avevo 'na gran fame, feci colazione co' nun so quante cose, io che me magnavo solo un cornetto la matina quanno c'avevo li sordi. Me so' bevuto mezza macchinetta de caffè e….<<C'arivedemo presto>> un bacio e annai a incontrà l'amichi ppe' ffà l'autostop.

<<Allora, com'è annata? Raccontace a Giggi ch'avete fatto?>>

<<Ce lo sapete che nun me piace raccontà certe cose, perciò nun me chiedete gnente>>

<<Armeno dimme come se chiama, così appena posso ce vado io>> me disse Vittorio.

<<Se chiama…. Porca vacca! Nun lo so manco io, nun glie l'ho chiesto!>>

<<Ma dài, nun fa l'Otello, dicce come se chiama>>

Mo ve prego de 'na cosa a voi che leggete: nun me cojonate e nun me condannate, una de le cose più belle della vita che me sia mai capitata, nun. l'ho mai scordata. C'è solo sta piccola magagna: nel mistero più assoluto me ce copro de vergogna, nun so manco io come, ma nun so come artrovà quer nome.

Giggi

Foligno, 2023

IL CIRCO

E' la storia di Luca, una storia come tante. Uno sbandato, con tutta la irrequietezza e la strafottenza dei giovani di quell'epoca: anni 60.

A 16 anni, epoca beat, figli dei fiori, si avventurò coi suoi amici, in quella tragedia che era stata l'alluvione di Firenze. Si prodigò come centinaia di giovani, arrivati da tutta Italia e dall'Europa, per recuperare migliaia di libri sommersi dal fango, anche 12 ore al giorno, ma l'età non sentiva la stanchezza. E la sera ci si radunava tutti insieme, a mangiare e bere, dopo essersi tolti il fango, persino dalle orecchie ma, anche se sembrava un paradosso, si rideva e si cantava. Beatles, Rolling, Battisti! Quanti dialetti, quante lingue diverse.....ma stranamente, ci si capiva lo stesso: fratellanza, solidarietà... era una comune. Si era ospiti di fiorentini, di quelli veraci, che anche imprecando "maremma maiala", si facevano in quattro, per recuperare quanto più possibile.

Terminata quella fase, passato il lavoro ai restauratori, specialisti in materia, per Luca, fu il momento di riempire lo zaino e partire ma dove? Non aveva casa, non aveva nessuno che lo aspettava. Dal treno, vide il tendone di un circo...

"Chissà come sarebbe la vita con loro?! Certo sempre in giro, posti nuovi, gente nuova... magari è come una comune... voglio provarci".

Passò un anno da quel pensiero, quando nel piccolo paese dove viveva, Luca, notò che stavano piantando le tende di un circo. Certo, dal numero dei mezzi, non doveva essere molto grande, cosa che scoprì appena si avvicinò. Era un circo a conduzione familiare lui, il capostipite, Nani il clown, ogni tanto aveva delle parti nei film, anche con Fellini; poi suo cognato, Alberto giocoliere, trapezista anche lui comparsate nel cinema. Adua, la più grande del gruppo, muta, contorsionista; Leris, unico maschio dei figli, a 13 anni, salti mortali e capriole poi Barbara, Ketty e Sabrina, la più piccola, difatti la "accartocciavano" e la mettevano dentro una piccola valigia. Luca si fece raccontare dei loro viaggi molto brevi in verità: giravano solo nel Lazio, non più di una settimana a paese. A volte, anche meno se lo spettacolo andava a vuoto. Scherzando, Luca si offrì di fare da aiutante, cosa che invece, venne accettata subito, avevano bisogno di una persona per montare e smontare il tendone. Così iniziò la sua nuova avventura! Prese confidenza con quel mondo, vedeva famigliole con i loro figli, che gioivano di quel poco che il circo offriva, ma li sentivi ridere e questo lo faceva sentire grande. Cominciò così a fare da spalla al clown nei suoi numeri e si gonfiò come un galletto, quando vide che le ragazze, nei paesi dove andavano, aspettavano per vederlo e "salutarlo". Era quasi tutto bello. Il quasi, consisteva nella sua roulotte, in pratica, una brandina, intorno a fogli di compensato. Non vi aveva mai badato ma, con l'arrivo dell'inverno, si rese conto che non ce l'avrebbe fatta a sopportare notti gelide così, anche se a malincuore, lasciò il circo e riprese la sua strada....

AMORE NEGATO

In un posto qualunque. In un momento qualunque della vita!

Eh sì, ad un certo momento della vita, ovunque ti trovi, ti succeda di fare un bilancio. "Quanto bene ho fatto e quanto ne ho ricevuto? Ci sarà qualcuno che si ricorderà di me? E se avessi fatto del male?" Anche se non volontariamente, (ma ciò non mi giustifica affatto) mi ritrovo a pensare che sì, ne ho fatto. Tralasciando le piccole schermaglie dei primi flirt di adolescente e benché ne abbia ricevuto molto di male, non ho rancori verso chi pure me lo ha procurato.

Ma di uno, uno solo, ancora oggi ne porto il rimorso. Con la maturità, acquisendo consapevolezza, ho cercato la persona in oggetto per chiederle perdono. Ma non ho potuto alleggerire il perso della mia coscienza. Anzi, a mente fredda, con tutta l'obiettività che l'età mi impone, vorrei attraverso queste righe chiederle perdono. Ma non solo a lei. Anche a tutte coloro che sono state ferite dalla superficialità di noi uomini, incapaci di avere quel rispetto che la donna merita. Le cause sono molteplici. Nessuno ci educa a considerare la donna, come colei che ci dà la vita, che ci dà amore. Società bigotta, tabù arcaici, insegnamenti non proprio "laici" hanno relegato la donna sempre subordinata all'uomo. A lei ANGELA, vero angelo, alla quale ho fatto pesare il mio "status" di "maschio" umiliandola, lasciandola soffrire negandole Amore. Poteva essere quello eterno? O di una breve estate? Non potrò mai più saperlo, ma continuerò a pensare che se anche fosse stato di un breve arco di tempo, sarebbe stato per sempre un bel ricordo, anziché trascinarmi questo rimorso.

ANGELA

La conobbi per hobby, non è un mero gioco di parole, ma la verità dei fatti. Era l'epoca dei pantaloni alla "Celentano", degli stivaletti alla "Beatles". Vestivo alla "Carnaby street". Sapevo di essere "piacente", per il modo di vestire ed ero un buon "tacco", dicesi un bravo ballerino. E di questo mi pavoneggiavo. Attiravo interesse da parte delle ragazze e, con l'incoscienza dell'età, "mi gonfiavo".

La conobbi frequentando il negozio di un mio amico, al quale ogni tanto davo una mano nel suo lavoro. Lei abitava nel palazzo di fronte. BELLA. Capelli corvini lucenti, due occhi neri profondi, bocca sensuale, risata argentina. Mi sentivo attratto da lei, che ricambiava lanciandomi dei sorrisi luminosi, al punto che quando Franco, il mio amico, dovette andare a fare dei lavori nella sua casa, mi offrii di farli io. Così iniziò la mia frequentazione con lei. Trascurai i miei amici, stavo bene con lei, aveva i miei stessi gusti musicali: Led Zeppelin, Rolling Stone ecc... anziché quei melodici dell'epoca con rime baciate e sdolcinate. Le piaceva leggere, cosa che io avevo iniziato fin dall'età di 13 anni. Confesso, mi ero innamorato di lei. La mia più grande colpa? Di non volerlo ammettere neanche con me stesso. Eppure, per la prima volta in vita mia, desideravo far l'amore con lei, ma non per seguire gli impulsi ormonali dell'età. Ne fui spaventato. Lo ammetto, ebbi paura. Paura di qualcosa di nuovo, di bello e non calcolato. Non era una "preda" da conquistare. Non era il testosterone a guidare i miei impulsi. Ah! Quanto rimpiango di essermi lasciato sopraffare da un sentimento che nasceva dal cuore e dall'anima.

Io avevo una "reputazione" da difendere. Ma oggi so! Ne sono consapevole, fuggii per un motivo ben preciso. Come avrei potuto continuare a frequentare i miei amici, il ballo, se con lei non potevo farlo?

Già so, cari lettori, che mi crocifiggerete appena letto: lei era PARAPLEGICA!

Col senno di poi: quanta meschinità, malvagità. Soprattutto quanta superficialità. Così cominciai a trovare mille pretesti per non restare solo con lei, benché ogni volta che mi vedeva, mi veniva incontro con quel suo sorriso che ancora oggi ho davanti agli occhi. Fino a quando la mia freddezza nei suoi confronti non lo spense. L'avevo umiliata e ferita a morte. Ancora oggi, ripensandoci posso solo dire: era una gran bella persona. Anche quando, sempre sorridendo, mi disse: <<Sei uno stronzo! Pensi che io non possa amarti e fare l'amore con te?>>

E io che pensavo che non potevo approfittare di lei, del suo stato.

<<Non ti avrei chiesto di fidanzarmi con te o di sposarmi. Solo darti il mio amore e riceverne in cambio. Anche fosse durato solo un giorno, un mese o un anno. Ma tu hai dimostrato di essere vigliacco e meschino come tanti>>

Oggi convivo con questo rimorso.

L'unica nota positiva? Rispetto per la donna. Rispetto per chiunque doni amore.

TONY

È questo il suo nome. Sono sicuro che se mai un giorno dovesse leggere questa storia, non si offenderà. Ho scoperto molto tempo dopo che tante donne portano questo nome, perciò la presento così: Antonia F.

Come dicevo, lei si presentò a me come Tony. Quando mi disse:<<Ciao, sono Tony>> ebbi un senso di stupore. Capirete presto perché.

Avevo 17 anni, ero molto ingenuo e, come si dice ora, maschilista ma non per convinzione, tutto era dovuto alla mia cosiddetta "educazione", vissuto tra suore e seminario, fino a qualche anno prima e, data l'età, con gli ormoni che esplodevano ad ogni sospiro. Mi sentii subito attratto da lei, non so per quale alchimia o chimica che dir si voglia, so solo che per lei ho provato qualcosa che non aveva niente a che vedere con la classica attrazione fisica che può provare un ragazzo della mia età di fronte ad una donna (istintivamente non mi venne di pensare a lei come ad una "ragazza"): mi sentii avvolgere, sollevare da terra e dimenticare dove e con chi mi trovassi in quel momento. Non so quanto restai inebetito prima di risponderle:<<Ciao, sono Gigi ma gli amici mi chiamano "stracca", che è il diminutivo di straccaletto>>

<<Provo ad immaginare? Forse per via di quelle bretelle rosse e larghe?>>

Avevo preso l'abitudine di indossarle, benché portassi pantaloni molto aderenti, come si usava negli anni '60 (dovevamo far risaltare la nostra mascolinità), ma io volevo distinguermi, non volevo sentirmi "omologato". Ero già preso di mira perché amavo certi gruppi rock che ora sono leggenda, mi sfottevano perché mi piacevano i Rolling Stones, i Led Zeppelin benché non sapessi l'inglese, lingua studiata alle medie che, per chi avesse la mia età, significava solo "the window is …", "table", "door" e "uottaimisit?" (questa era la nostra pronuncia). Erano i tempi in cui i gruppi italiani scimmiottavano le band che provenivano da oltreoceano e oltremanica. Tutti i miei amici erano innamorati di una certa "casco d'oro" che, mentre cantava "Sono bugiarda", si muoveva a ritmo sincopato. Io conoscevo la versione originale "I'm a believer" ma evitavo di fare paragoni con i miei amici, ne avrebbero riso.

Ma torniamo a Tony. Dopo il primo imbarazzo, ero sorpreso che si fosse rivolta proprio a me. Dire bella sarebbe un'offesa. Vorrei essere un pittore per disegnarla, ho talmente impresso nella memoria il suo viso, che potrei dipingerlo ad occhi chiusi, se ne fossi capace. Capelli neri corvini, che le arrivavano sulle spalle, bocca carnosa, sensuale, ma gli occhi… due grandi occhi verdi che mi avevano ipnotizzato al punto che spesso rispondevo:<<Eh?>> alle sue domande.

<<Dicevo, come mai sei silenzioso mentre i tuoi amici fanno a gara a chi attira di più le ragazze?>>

<<Perché so di non essere il tipo piacione, perciò è inutile che faccio lo scimmiotto, mi sentirei ancora più ridicolo>>

<<Vuoi fare una bella figura e farli morire di invidia? Vieni via, adesso, con me. Di' loro che mi accompagni a casa. Vedrai, domani ti tormenteranno con le domande, vorranno sapere come è andata>>

<<E' proprio questo il mio problema. Tutti noi abbiamo avuto esperienze con le ragazze, me compreso. Qualcuno dall'età di 13 anni. Ma non mi piace vantarmi e mi da' fastidio sentire certi particolari, mi sembra come se, insieme a quella ragazza, ci fossimo stati tutti quanti>>

<<Ti fa onore quanto dici, si vede che hai molta sensìbilità. Allora facciamo così, tu mi accompagni ma poi non dirai niente. Lascia che credano quello che vogliono, così impareranno anche loro a rispettare la donna. Per te sarà un vanto dire che sei uscito con una ragazza più grande di te>>

<<Ma, guarda, che io ho vent ...>>

<<Non vorrai dirmi bugie, spero! Sappi che a lungo andare gli altarini si scoprono ed è molto facile, come? Ho visto che il tuo amico Gianni, quello che chiamate "il maiale", non fa altro che roteare il portachiavi con la scritta "Abarth". Se tu fossi maggiorenne come lui, ti saresti pavoneggiato allo stesso modo, non è vero?>>

"Ma chi ca... è questa che mme sta' a legge' come un libbro aperto?" fu questo il mio primo pensiero.

Il secondo pensiero fu: "...e se questa fosse la sorella di qualche pischelletta con la quale c'ho provato?"

Mi era già capitato, appena uscito dal collegio che, avendo fatto amicizia con una coetanea che abitava nel mio stesso palazzo, spinto dal desiderio istintivo, l'avevo baciata a labbra serrate. Lei l'aveva raccontato alla sorella maggiore, la quale era venuta a bussare alla mia porta, il giorno dopo e, con aria intimidatoria, mi avevo spinto verso il muro:«E' vero che volevi baciare mia sorella? Ma se non sei manco capace!» e così dicendo mi ero ritrovato spalle al muro e lei, che con la sua lingua esplorava le mie tonsille. Rimasi senza fiato, sia per la sorpresa, sia perché non mi dava modo di respirare. Ma quello fu anche il giorno in cui si sovvertirono (così si credeva) le leggi della natura quando mi accorsi, dopo che lei mi aveva "preso" sul pavimento, che c'era del sangue su di noi. Non feci in tempo a gioire per la mia virilità: il sangue era il mio. Mi sentii umiliato, denigrato dalle parole di lei:«Ma se non sei neanche capace di fare l'amore, sembravi "fratel coniglietto", tre minuti? Un record!»

Ancora oggi, dopo più di cinquant'anni, non so spiegarmi perché mi ritrovai in auto con Tony, senza sapere neanche dove mi portasse, a raccontarle i miei più intimi segreti. Scendemmo dalla macchina, la seguii a piedi per i vicoli di Trastevere come un automa, tutti i rumori mi giungevano ovattati, mi sentivo come se stessi vedendo me stesso alla moviola. Imparai presto quella strada, quel quartiere, nei mesi a seguire, mentre lei andava al lavoro, io facevo il turista nella mia Roma. Fino ad allora avevo conosciuto Ostia antica, dove avevo trascorso parte della mia infanzia. I collegi di Roma e Fiumicino dove ero stato rinchiuso, e poi

Ostia dove mi era capitato di vivere questo film. Ancora oggi così considero quanto mi è accaduto. E no, non era un sogno dai ricordi vivissimi che mi accompagnano ancora ma un'esperienza che mi ha fatto da guida negli anni, dopo che la nostra relazione dovette finire, bruscamente, dolorosamente per me, ma avendo conosciuto la persona fantastica che mi ha insegnato a vivere, posso dire che anche lei ne avrà sofferto molto. Ma non poteva rischiare, solo per una questione anagrafica: lei aveva ventuno anni, io diciassette. Ero minorenne, me la sarei cavata con poco, ma Tony non poteva permettersi di essere denunciata dalla proprietaria di casa. Avrebbe perso subito il lavoro, la casa e rischiato un'accusa di "coercizione di minore", ancora non si usava il termine "pedofilia". Mentre io mi sarei fatto una discreta fama di latin-lover, lei sarebbe stata indicata come la donna con il suo toyboy. Niente di tutto questo, posso dirlo con cognizione di causa. Storie ne ho avute e mogli anche e a questa ultima va tutta la mia stima e la mia riconoscenza: con lei posso parlare e raccontarle tutto il mio passato. Per questo ho deciso di scrivere questa specie di biografia che, come leggerete, andrà a sbalzi, come la mia memoria, che si fa luce man mano che la mente ripercorre il passato.

Ho vissuto sei mesi intensi, mai un giorno di noia o contrarietà. Credevo di vivere in un mondo diverso, i miei amici, la piazza dove ci radunavamo, le "escursioni" al cinema, era il periodo dei famosi spaghetti-western e noi ci andavamo, non meno di una decina, e quando c'erano quelle interminabili sparatorie, dove le pistole non finivamo mai i colpi, noi facevamo la "colonna sonora" con un coro di "bang bang ... zzimm" quando il colpo fischiando andava a vuoto. Eravamo la disperazione del signor Capanna, rubicondo personaggio che ad ogni intervallo, usciva dal tendone gridando:<<Canastini, cornetti, coppa Susi, gelatiiiiiiiiiiiiiiii>> e noi in coro lo chiamavano "Sorca... panna". Bonariamente faceva finta di volerci picchiare, ma sapevamo, (lo avevamo visto ridere) che quando "disturbavamo" gli spettatori con le nostre sparatorie, si divertiva un mondo al grido:<<Buttateli fuori!">>, più clienti di noi che ci andavamo anche tre volte a settimana e non meno di cinque per volta. E pagavamo sempre!

Quanto sto scrivendo, ho dovuto raccontarlo a Tony, lei voleva sapere tutto di me, nei minimi dettagli e quando vedeva che esitavo, perché mi vergognavo a dirle certi particolari, lei sorridendo mi incoraggiava con un:<<Dai, solo le solite ragazzate, tutti le commettono alla tua età>>.

Quando mi diceva così mi faceva sentire come un bambino che confessava le marachelle alla sua mamma. Arrivai al punto che, raccontando di me, mi sentii come liberato da un fardello, perché molte di quelle cose le avevo fatte solo per spirito di appartenenza, per il desiderio di far parte di una famiglia, perché ci aiutavamo l'un l'altro. Anche quando qualcuno non aveva i soldi per il cinema o per la pizza. E ora con Tony mi sentivo come fossi finalmente "arrivato": avevo una casa, una donna che pensava a me. A lei raccontai della mia infanzia, degli anni passati in collegio, delle angherie subìte dalle suore, le punizioni che ci davano (in ginocchio nel corridoio del dormitorio con dei sassetti sotto le ginocchia), dei soprusi fin dal primo giorno che vi arrivai quando, la mattina dopo, ci portarono a messa e presi tanti scappellotti dolorosi, perché non rispondevo alle preghiere IN LATINO! E chi l'aveva mai sentita! Prima di andare in collegio, andavamo all'oratorio solo perché il parroco, aveva saputo che noi andavamo a vedere la TV nella sede del P.C.I., all'epoca la prima che esisteva almeno a livello pubblico, perché non erano molte le famiglie che potevano permettersela. Così il parroco pensò bene, per farci andare da lui, di comprare un televisore e di offrire la merenda a tutti coloro che sarebbero andati lì. Tv dei ragazzi, panino ma ... catechismo.

Finita la quinta elementare, fui trasferito all'istituto "S. Ippolito" che all'epoca era l'anticamera del seminario. Tutto questo perché, non essendo sotto la patria potestà dei miei genitori, era lo Stato che decideva della mia vita. E visto che ero stato "raccomandato" dalle suore, fui subito chiamato a fare il chierichetto! Forse è da quel periodo della mia vita, che sono derivati certi atteggiamenti del mio carattere. Fu lì che iniziò l'esplosione dei miei ormoni, le mie pulsioni sessuali avevano trovato bottiglie di

Johnny Walker Black e riviste porno in tedesco, ma tanto non dovevamo leggerle. Non chiedetemi la fonte di questi ritrovamenti, ometto la provenienza.

<<Questo spiega perché sei cresciuto con la convinzione della donna oggetto. Quindi tu, tranne il primo rapporto e quelle rare esperienze sessuali, hai usate le ragazze per il tuo piacere, per soddisfare la tua libido?>>

Non seppi cosa risponderle, fino a che lei mi spiegò cosa fosse la libido! Ammisi tutta la mia ignoranza, non solo sul tema trattato, ma per il fatto che, in pratica, avendo interrotto le scuole medie, mi ritrovavo ad avere come scolarità limitata solo alla quinta elementare.

<<Ma mi hai detto che adesso lavori, fai l'imbianchino, quindi puoi permetterti le scuole serali>>.

Per la cronaca, a quei tempi, non c'erano ancora le 150 ore per i lavoratori studenti, ma io non potevo, e non avrei neanche voluto, frequentarle per alcune ragioni.

La prima, puerile e sterile, era che non volevo farmi prendere in giro dai miei amici, anche se da autodidatta passavo le notti intere a divorare libri di ogni genere.

Non so per quanto tempo, dopo la fine della nostra storia, continuai a restare sveglio per notti intere oppure andavo sul pontile di Ostia e, con la scusa di guardare chi pescava, ripercorrevo con la mente quelle notti a parlare con Tony e a fare l'amore, uso questo termine, me lo insegnò lei. La prima volta con lei, avevo conosciuto la differenza tra fare l'amore e fare sesso. Era avvenuto tutto con naturalezza, anche quando venivo preso dall'istinto, lei sapeva guidarmi. Ma ciò che mi stava capitando era qualcosa di più grande. Abituato a quei rapporti fugaci, occasionali, approfittando di un momento, di un luogo, di una situazione, svanivano nel volgere di pochi attimi, lasciandomi poco appagato di quanto era successo. Con Tony raggiunsi momenti di pace e senso di completezza, quando si restava sdraiati, le accarezzavo i capelli dietro la nuca, sembrava facesse le fusa, come i gatti. Era in quei momenti che restavamo a parlare per ore. Era lei che chiedeva tutto di me. Voleva conoscere tutto. Ho tanti ricordi di quei momenti, ma anche delle foto insieme, scattate da qualche passante che fermavamo per strada o al mare. Ora che ci penso, non me ne ha lasciata neanche una. Neanche quella che le scattai io: testa reclinata, mano sotto al mento e occhi che mi guardavano fino a farmi ridere.

<<Devi imparare la differenza tra fare l'amore ed avere un rapporto sessuale>> veramente usò un termine ... più immediato.

Quante volte, nel momento che a me sembrava il più bello, lei sorrideva, con qualche scusa si ritraeva, si alzava per andare a bere ed io mi eccitavo ancora di più guardandola nuda. Avete presente la forma di un violino? Ecco, io la paragonavo ad esso, con le fossette sulle reni, una pelle "setosa", non so perché usai questo termine.

<<Vedi? Senza volerlo mi hai fatto un complimento, hai detto qualcosa che ogni donna apprezzerebbe>>

Saltò sul letto, si distese sopra di me, sentii i suoi capezzoli turgidi sfiorarmi il petto, mi sentivo esplodere, al che lei mi pose una mano sul torace:<<Calma, dobbiamo raggiungere insieme la vetta>>.

Non ci volle la laurea per capire quale fosse il momento, la sentii fremere, mi affondò le unghie nella pelle ma, invece di sentire il dolore sentii un'esplosione nello stesso momento in cui lei mi chiamava. Mi sentii svuotato, anima e corpo, incapace di muovermi. Non so quanto tempo rimasi così, sentivo solo che mi stavo rilassando, mi sentivo appagato, volevo lasciarmi andare al sonno ....

<<Eh no! Guarda, ti concedo anche di fumarti la sigaretta qui. Tutti gli uomini che fumano lo fanno, ma tu mi devi tenere abbracciata al tuo petto e raccontarmi tutte le sensazioni che hai provato>>

Fu lei a darmi il "la" per iniziare a scrivere i miei pensieri, le mie poesie, racconti, tutto ciò che mi passava per la testa. Infatti la mia prima poesia "pubblica" la dedicai ad un'amica, l'anno dopo, mentre andavamo a spasso con la solita compagnia che avevo ritrovato dopo la fine della storia con Tony.

Era il compleanno di M., compiva 18 anni, e pubblicamente le declamai la poesia che mi venne in mente mentre passeggiavamo. Ancora oggi, benché avanti con gli anni, devo riconoscere che, seppur breve ma intensa, la storia con Tony mi aveva forgiato come persona e come uomo. Ovunque sia ora, la ringrazio e la porto nel cuore. Non credo che mia moglie possa esserne gelosa. Se sono così come sono nei suoi confronti, lo devo alla mia maestra di vita. Può anche darsi che se non ci fosse stato quel contesto, i tabù, i preconcetti, il bigottismo ecc. ecc. sarebbe comunque finita, ma le sue "reprimende" sul mio comportamento nei confronti della donna, mi sono servite in tutte le storie occasionali e non, che ho avuto nel corso della vita. A lei dovetti raccontare tutte le mie "bravate", senza tralasciare neanche il più piccolo dettaglio. Ed anche quando volevo farne passare qualcuna come qualcosa di buono, non mancava di "bacchettarmi" come quando le dissi di A., ragazza paraplegica, bella, grandi occhioni neri, risata argentina. Quando era ormai palese che le piacevo e mi desiderava, io "declinai" quell'invito. Stavo dicendo a Tony che mi sentivo orgoglioso del mio comportamento, che non mi ero approfittato di lei.

<<No! Non ti devi sentire affatto orgoglioso. Ti sei comportato da stronzo, l'hai ferita>>

Aveva ragione, avevo tralasciato di dirle che, il giorno dopo, quando mi aveva rivisto mi disse:<<Pensi che volessi incastrarti e portarti a casa? Volevo solo un po' d'amore>>

<<Come vedi non è stata una bella cosa. Come il fatto di esserti vantato di aver fatto parte degli "angeli del fango", dopo l'alluvione di Firenze. Ti contraddici da solo quando racconti delle ragazze che avete conosciuto, dell'ospitalità che avete ricevuto mentre lo avete fatto solo per fare qualcosa di diverso, per ammazzare la noia delle cose sempre uguali. Anche quando hai passato qualche mese con il circo, lo hai fatto sì per divertimento, ma soprattutto per necessità. Da come mi hai raccontato, non capisco ancora come è stato possibile che nessuno ti abbia cercato>>

Ancora oggi, neanche io ho potuto sapere come mai. Ho sempre ipotizzato che fosse dovuto al fatto che mia madre avesse perduto la patria potestà, perché viveva (come si diceva allora) more uxorio, col mio padre biologico, dal quale non ho avuto neanche il riconoscimento. Non avendo un reddito e con cinque figli, fummo allontanati da lei. Quando poi fuggii dal collegio dei preti, credo sia stato in concomitanza col fatto che mia madre aveva riottenuto la patria potestà, perché aveva trovato un lavoro fisso ed una casa in affitto, dopo che la casa popolare che le era stata assegnata dopo la guerra, le era stata tolta. Quindi non era più responsabilità del Vescovado la mia tutela, ma di mia madre stessa che non si era preoccupata di farmi cercare. A sua discolpa, col senno di poi, posso solo pensare che non l'abbia fatto per paura di ripetere quell'esperienza di qualche anno prima, quando ci tolsero da lei. Non ho mai appurato se nel mio DNA ci fossero tracce di nomadismo o spirito d'avventura, ma soprattutto se non fosse stata la paura di dover affrontare una realtà che non mi piaceva, perché mi ero impelagato in una storia con una ragazza che viveva in un circo a conduzione familiare. Ogni settimana stazionavamo in una piazza diversa. Eravamo da qualche giorno in una città e lei, una sera, a fine spettacolo, si presentò con suo padre. Raccontai di me una parte di verità, ma invece di cavarmela con un:<<Lascia stare mia figlia!>> mi ritrovai che mi avrebbero tenuto a vivere con loro e con la possibilità di un lavoro fino alla maggiore età

Mentre raccontavo tutto questo a Tony, vedevo che mi guardava in un modo che non capivo se fosse di commiserazione o disapprovazione. Senza dire che il lunedì mattina, tolte le tende, al momento di partire, che poi la destinazione non era che a poche decine di km di distanza, dissi una bugia alla famiglia di circensi: mia madre mi aveva cercato. Salutai le figlie e, senza aspettare che il loro padre tornasse, me ne andai. Non ho mai potuto sapere se il papà di quella ragazza fosse andato a cercami sulla piazza dove si era insediato il circo: sapevo dove si trovavano, ma me ne guardai bene di andarli a trovare come avevo promesso.

Nel frattempo era sopraggiunta l'estate ed io ritornai alla mia vecchia vita, con i miei amici ritrovati. Fino al giorno che uno del gruppo, dai Tg vide che c'era stata un'alluvione a Firenze. L'Arno era straripato, aveva invaso la città e creato enormi danni.

<<A raga'! Vòlemo annà a Firenze pure noi? Je dàmo 'na mano e intanto conoscemo 'n po' de' Fiorentine!>> Detto e fatto.

Partimmo con quattro stracci, tanto non dovevamo andare a ballare, ci bastavano i vestiti più "scrausi". Anche allora quando lo raccontai a Tony, mi presi una lavata di testa:<<Siete una manica di bastardi egoisti. Cinicamente vi preoccupate solo di divertirvi, non vi siete mai soffermati ad ascoltare le persone che avete incrociato, soprattutto le ragazze che avete illuso?>>

Già... avevamo promesso di ritornare da loro, per lo meno io e Tore ma poi, tornati ad Ostia, avevamo passato l'inverno a lavorare. Avevamo bisogno di soldi perché poi, arrivata l'estate, saremmo tornati alla solita vita: il mare, la spiaggia e... le ragazze! Non sapevo che dietro l'angolo, quell'estate, avrei incontrato Tony.

Avevo compiuto 17 anni l'autunno precedente, ma mi spacciavo più grande, fino al giorno in cui lei scoperchiò tutti i miei altarini, mettendomi completamente a nudo, senza più quella corazza che mi ero costruito per mascherare la mia fragilità, tanto che le confessai che oltre a cercare di farmi una cultura, mi dilettavo a scrivere, dapprima in dialetto romanesco forse influenzato dai sonetti del Belli, ad esternare i miei pensieri mettendoli su un foglio di carta, durante le sere che restavamo sulla spiaggia a "cantare" accompagnati da una chitarra per fare il bagno di mezzanotte.

Non so quanti di quei miei pensieri siano andati perduti, un po' dovuto al fatto che usavo qualsiasi pezzo di carta mi capitasse sottomano. Solo più tardi cominciai a scrivere su un quaderno, ma anche così, ben poca cosa mi è rimasta, anche perché non ho mai avuto una fissa dimora, e comunque lo scrivere era solo per me stesso. Non avevo (o non volevo per non farmi prendere in giro) mai letto in presenza dei miei amici. Fu solo in occasione del compleanno di quella nostra amica (mentre passeggiavamo lei ci disse che compiva 18 anni) che ebbi un'ispirazione, rallentai il passo e di getto le dedicai quanto mi era venuto in mente, ma ancor più sorprendente per me, fu che lo feci seduta stante. Forse per la simpatia che mi ispirava. Lei era "fidanzata" ed io, reduce da una storia che mi faceva sentire grande. Vedere come si guardavano negli occhi, lei e il suo fidanzato, mi faceva ripensare a quando mi perdevo in due occhi verdi, gli occhi di Tony. Quando lei mi parlava, non riuscivo a staccarle gli occhi di dosso e non era per l'educazione che dice che quando si parla bisogna guardare negli occhi le persone: io ne rimanevo incantato. Una cosa che quando uscivamo insieme lei stessa notò e che le faceva dire che qualcosa di buono l'avevo, testuali parole:<<Ho notato che quando camminiamo, non fai come la maggioranza degli uomini, che si girano ad ogni minigonna che passa o ad ogni bel culetto in jeans>>. In realtà avevo preso quell'abitudine proprio per non guardare le altre. Essendo timido, mi vergognavo a farmi sorprendere a fissare le ragazze, così avevo preso l'abitudine di guardare le persone "strane", cosa che ancora oggi faccio. Non sono un esteta ed anche io non seguo mode, vesto secondo la mia comodità, però osservo abbinamenti, atteggiamenti, tic, uomo o donna che siano. E mi faccio un'idea di che persone possano essere. Qualche volta mi sono sentito anche in imbarazzo, se beccato a fissare qualcuno ma devo dire che da queste mie critiche, l'uomo ne esce come una figura patetica, ridicola mentre la donna, se mai se ne volesse conferma, non ha bisogno di fare il pavone come l'uomo, lancia dei chiari segnali e questo smentisce la teoria che lui sia il cacciatore: è sempre preda. Io stesso, quando ho conosciuto Tony, ero stato preda. Mi aveva ammaliato quella sua sicurezza, quel suo farmi domande in un modo che non potevo mentire né glissare, aveva fatto sì che già la sera stessa fossi "cotto" di lei.

La prima volta che lei mi disse:<<Ho voglia di pizza>>, mi sentii come se avessi preso un pugno nello stomaco (in quel periodo non avevo un lavoro) e lei, come sempre attenta ad ogni mia espressione <<tranquillo paghi tu!>> quasi stavo per piangere, ma non ebbi nemmeno il tempo per dire una parola: mi mise in tasca delle banconote, non vidi neanche quante, piegate ed infilate nella tasca dei jeans.

<<Vedi che puoi pagare tu?>>

La sera stessa telefonai ad un imprenditore (insomma, un imbianchino) per il quale avevo lavorato altre volte, chiedendo se aveva del lavoro per me. Mi assicurò che ne aveva quanto ne volevo, anzi mi aveva cercato e fatto cercare dai miei amici. Pensava che sarei riapparso nella stagione estiva, per aiutare a fare il bagnino nello stabilimento dei suoi genitori. Invece per me cominciava una nuova era, avevo una casa, una donna che mi voleva bene, chi mi faceva crescere, perciò volevo "sentirmi uomo" e contribuire alle spese di casa. Proprio quando il nostro menage era all'apice, la sera ci ritrovavamo a casa, una doccia e poi, se era necessario, si andava a fare la spesa. Al primo accenno da parte mia di voler fare "quella cosa", lei mi fermava con qualche iniziativa. Frenava la mia irruenza, la mia frenesia animalesca che mi spingevano "ad allungare le mani". Poi magari, quando ero intento a parlare, prendeva lei l'iniziativa e devo dire che non solo non mi dispiaceva, non avevo mai provato certe sensazioni prima di allora e come mi aveva rimproverato ero sempre stato "fratel coniglietto", così mi definiva. Quante cose, nel corso degli anni, ho imparato da quei pochi mesi trascorsi con lei, sia con le donne che avevo sposato, che con coloro con le quali avevo avuto rapporti temporali, tra un divorzio e l'altro. Ho lasciato sempre che i miei cosiddetti "amici" pensassero che non avevo avuto "rapporti intimi" (li definisco così perché il termine usato da loro era alquanto greve).

Ero sempre più infastidito dalle loro richieste di riferire anche i minimi particolari sulle mie conquiste.

<<Ricorda, anche quando avrai rapporti con quelle che voi maschietti definite "puttane", solo perché si sono concesse a voi per denaro, non dovrai mai e poi mai dire "io quella me la sono fatta"!>> testuali parole di Tony <<Sii sempre te stesso, non atteggiarti ad essere un'altra persona, non vantarti e soprattutto mai dire bugie, in particolare ad una donna: col suo sesto senso capirebbe quando le dici. Ricordati di essere sempre puntuale, anche se poi è lei a ritardare e mantieni la parola data su qualsiasi cosa, per cui prima di impegnarti e di parlare rifletti>>

Aveva ragione in pieno su tutto. Ho goduto della stima e della fiducia delle donne (tranne quelle che mi hanno tradito), solo di una cosa credo che lei non avesse tenuto conto: per i miei amici, il mio era un atteggiamento studiato per "rimorchiare". Eh sì, nella loro mentalità contorta e maschilista si erano fatti questa convinzione. Forse per questo poi ho privilegiato più le amicizie femminili che, a loro volta, hanno avuto anche il loro lato negativo o forse ero io che non volevo essere maligno, convinto di trovare sempre delle Tony. Sarà perché io, ma soprattutto Tony, non avevamo previsto che l'avvento dei social avrebbe cambiato i termini dei rapporti tra le persone. Dicevamo che avevo più amicizie femminili, le quali mi confidavano i loro problemi, le loro aspettative ed io, convinto della loro buona fede, le ho sempre trattate e rispettate come amiche, mentre invece molte di loro si aspettavano altro da me, tranne quando poi si rendevano conto che non facevo il "finto tonto" ma che la mia amicizia era del tutto disinteressata e senza secondi fini, allora si ritraevano, anche in maniera subdola e meschina. Ho tirato avanti lo stesso e, reso più forte e maturo da quegli atteggiamenti, quando ho avuto altre storie, ho dovuto ricredermi sull'universo femminile. Con Tony avevo perduto quel senso di irrequietezza, quella smania di non so cosa, la ricerca continua di "calore" umano. Mi sentivo appagato, non sentivo affatto la necessità di fare lo "scavezzacollo". Lei era il compendio di tutte quelle cose che vedevo in tante famiglie. Lo avevo visto tante volte al mare. Intere famiglie, genitori, figli, nipoti, cugini, un plotone di persone di tutte le età che abbracciava perfino quattro generazioni, felici con poco (mica tanto, dico col senno di poi). Li chiamavamo "i fagottari" perché all'ora di pranzo si ritrovavano sotto la pensilina dello stabilimento balneare, dove si allestivano tavoli e sedie, senza tovaglie e posate, eppure quanta umanità ho trovato in quelle famiglie! Neanche mi conoscevano e dicevano:<<Vòi assaggià? Vie' qua che c'è ppe' tutti!>> Insalatiere avvolte in un canovaccio piene di pastasciutta, almeno 4 chili, fettine panate, pollo con peperoni, cocomeri che, appena arrivati in spiaggia, si preoccupavano di mettere in un secchio d'acqua con il ghiaccio. All'epoca c'erano i chioschetti che avevano colonne di ghiaccio per rinfrescare le fette di cocomero e le "grattachecche", così si chiamavano a Roma le granatine. Ma quando arrivava la domenica, invece di una sola colonna di ghiaccio, sapendo che sarebbero arrivate intere famiglie, ne avevano sempre tre o quattro e le fette di cocomero venivano posate su una stuoia, forse di felci? Non l'ho mai saputo cosa fosse e non ho mai avuto il coraggio di chiedere per non mostrare tutta la mia ignoranza, così ancora oggi non so di cosa fossero fatte. Per tutta l'estate, tornando dal mare, all'imbocco della Via del Mare, con Tony ci fermavamo dal cocomeraio che restava lì tutta la stagione con la sua montagna di angurie, sotto un ombrellone e con un tavolo sempre fornito di fette sotto ghiaccio: 10 lire a fetta. Non se ne poteva fare a meno, l'arsura veniva placata con due fette belle fresche e succose. Particolare importante, quando vendevano un cocomero era abitudine praticargli il classico "tassello" per un assaggio ed eventualmente cambiarlo se non soddisfatti. Oggi, ahimè, lo devi acquistare a "scatola chiusa", quindi o te ne intendi (classico toc-toc) oppure con grande fortuna.

Quanti ricordi riaffiorano alla mente, a volte mi sembra sia stato tutto un sogno, un bel sogno svanito con la luce del giorno, talmente lontano nel tempo. Sono passati più di 50 anni e ancora mi chiedo dove sarà? Era reale? O forse è stata lei a voler vivere un sogno con me al suo fianco? Aveva messo a nudo tutto il mio passato, le mie paure, i miei sogni per il futuro ma di lei cosa sapevo? Anche volendo non saprei neanche come fare per sapere di più di lei rispetto a quanto mi aveva raccontato. Volutamente mi riempiva di domande per evadere le sue risposte, dovevamo essere soltanto io e lei. Per questo se n'era andata chiudendo la nostra storia? Come disse qualcuno "col senno di poi …", non sarebbe bastato cambiare casa? Io stesso dai 13 ai 17 anni ero fuori di casa e nessuno mi aveva mai cercato. Aveva paura, fuggiva da qualcosa o da qualcuno? Mi ritrovo a fantasticare su come sarebbe stato, se la nostra storia non si fosse interrotta così bruscamente. Ed io, avendo preso consapevolezza, più maturo, avrei fatto altre scelte? Solo oggi mi rendo conto di una cosa lampante: non avevamo la televisione. Avevo passato tutti quei mesi in un mondo tutto ovattato, lontano dalla realtà. Per questo, quando tutto finì, mi ritrovai scaraventato in un mondo che non conoscevo affatto. Mi ero allontanato dai miei amici, buttato sul lavoro, volevo cambiare la mia condizione di vita.

Un giorno me ne sarei andato, non so dove né quando ma quel tipo di vita di prima di conoscere lei, non mi piaceva più. Nel frattempo si era in pieno '68. I miei coetanei capiranno di cosa parlo, le generazioni successive ne avranno visione a seconda di chi glielo avrà raccontato, comunque nessuno ne è rimasto senza un segno.

Una mattina, stavo recandomi al lavoro, ero sulla circolare ED (i Romani sanno che era la "esterna destra"). Ancora quattro fermate e sarei arrivato ma il manovratore aveva fermato il mezzo e aperto tutte le porte.

<<Dovete scendere, non si può proseguire>>

Eravamo tutti accalcati ed io, piccoletto, non ebbi la visuale fino a quando non scesi. Copertoni di auto che bruciavano, alzando colonne di fumo nero e puzzolente. Segnali stradali e delle fermate divelti, gente che correva. Impaurito, cominciai a correre pure io. Con mio grande stupore, mi ritrovai a correre sì, ma con le gambe sollevate in aria: due "celerini" mi avevano agganciato per le ascelle, sollevandomi da terra. Sbattuto dentro l'androne di un palazzo, mi riempirono di manganellate fino a che, uno dei due, aperto il mio borsone, si rese conto che conteneva indumenti da lavoro (avevo ripreso a fare l'imbianchino).

<<Ma tu vai a lavorare! Perché non l'hai detto subito?>> senza neanche aspettare la risposta, se ne andarono lasciandomi lì in terra. Si affacciarono alcuni inquilini, una signora del primo piano mi fece entrare in casa sua offrendomi da bere.

<<Denunciali a sti' zozzoni impuniti!>>

Un altro prosaicamente, dopo avermi guardato sotto il maglione, consigliò di lasciare perdere.

<<Non ci sono lesioni o ferite, non avrà neanche un livido, sanno come picchiare con quei manganelli>>

Infatti restai dolorante per alcuni giorni senza nessun segno evidente. Questo il mio primo impatto con la politica, che poi mi accompagnerà per molti anni (ormai ho abbandonato del tutto l'interesse e soprattutto il mio impegno in prima persona). Dopo essere stato sindacalista e militante politico, fatta un'obiettiva analisi, devo dire che ne sono profondamente deluso. Sono convinto che questa mia presa di coscienza civile e politica sia dovuta all'impronta che Tony mi ha lasciato, perché tutti i miei comportamenti a seguire, sono scaturiti da un pensiero, anziché dall'istinto o dagli ormoni della gioventù. Ovunque si trovi ora, non potrò non ringraziarla per quello che sono adesso. Non è un auto-incensarsi ma consapevolezza di essere un Uomo. Rimpiango solo una cosa, ma devo spiegare perché: ogni giorno, sia che mi trovi sul balcone di casa o a spasso lungo lo stradone dove vivo ora (dopo tanto peregrinare), incontro sempre una coppia molto anziana, minimo 80/85 anni, che si tengono a braccetto e fanno questa strada 4 volte al giorno. Ho paura di essere inopportuno o magari di spaventarli, ma quanto vorrei chieder loro da quanto tempo vivono insieme. Invidia? In parte, so che è e sarà matematicamente impossibile che io possa condividere con mia moglie così tanti anni. Lo vorrei veramente, ora che finalmente ho trovato pace e serenità con questa donna che sopporta le mie stranezze, che è sempre presente. Quando si dice la quadratura del cerchio: io ho trovato in lei, moglie, sorella, amica, madre. Bontà, sensibilità e non da meno, la passione per la scrittura. Quando la conobbi non sapevo che lei avesse già scritto e pubblicato 4 romanzi. Facevamo parte tutti e due di un gruppo di scrittura, mi piaceva cosa e come scriveva, con un pizzico di ironia. Da tempo oramai avevo imparato, grazie agli insegnamenti di Tony, a non soffermarmi al superfluo, all'esteriorità. I valori sono ben altri e in Stefania li ho ritrovati tutti. È brutto fare paragoni, soprattutto quando si tratta di questi argomenti, ma uno lo devo fare: niente in comune tra loro, ma per me una grande meraviglia! MAI una lite od uno screzio con nessuna delle due. E con mia moglie, capace di riderci sopra anche di fronte alle difficoltà, ad affrontare la vita serenamente nonostante i miei problemi di cuore, che non sono di ordine sentimentale, ma di miocardio. Proprio per questo ho imparato ad apprezzare e bearmi anche di quei piccoli momenti di bello che la vita mi regala. Ho ripreso a scrivere, prosa, poesia, pensieri, tutto ciò che mi passa per la testa ovunque mi trovi, cosa che avevo trascurato per tanti anni e su qualunque pezzo di carta. Come una poesia che avevo dedicato a Tony, "Occhi verdi", la ritroverò tra i tanti biglietti, i fogli di quaderno, carta per il pane, ovunque avessi la possibilità di scrivere ciò che mi veniva in mente.

<<Questa devi conservarla, così ti ricorderai di me>> mi disse.

Ora sono qui, non ricordo dove ho messo lo scritto, ma di lei non posso veramente dimenticarmi. È stata ed è uno dei pochi bellissimi ricordi che custodisco nel cuore. Non potrebbe essere altrimenti, da allora in poi non mi sono più permesso di ferire una donna in nessun modo, ma di rispettare ed amare anche quando si trattava di una meteora o ne avessi ricevuto del male.

Se ne andò dicendomi:<<Non tornare dalla tua "fidanzatina", le hai fatto del male e quell'offesa riaffiorerà sempre. Se mai dovessi rivederla, chiedile perdono ma non chiederle di tornare insieme>>

Io veramente non ne avevo nessuna intenzione. Intuivo che M mi avrebbe accolto a braccia aperte, evidentemente la sua "cotta" per me, non le era ancora passata, ma io ero cambiato, avevo dentro di me ancora Tony, ma anche la consapevolezza di non essere più quello di prima. Cominciai a diradare le frequentazioni con il gruppo di sempre. E, dopo l'episodio dei celerini, cominciai ad occuparmi di politica, seguivo tutte le vicende di quegli anni. Durante il periodo di leva mi ero portato 3 libri da leggere, datimi dalla mia ragazza (tralascio volutamente questo capitolo, ne parlerò se non per accenno come ora): tra cui "Arcipelago Gulag" di Solženicyn per il quale mi ritrovai addirittura a rapporto dal Colonnello Comandante, il quale, essendo un uomo di cultura, capì subito quanto asserivo, che era la testimonianza di un dissidente sovietico rinchiuso appunto in un gulag. Quindi un avversario del regime comunista sovietico. Forse fu per quello che fui destinato al ruolo di "conduttore" (autista), ciò mi permetteva di essere esonerato da tutte le incombenze tipiche della naja. Tutto sommato fu un anno accettabile, niente guardie, marce e quant'altro. Devo dire che quel periodo mi ha fatto bene:

ginnastica ogni mattina, poi servizio con il mezzo assegnatomi fino all'ora del rancio (pranzo), poi libero fino al mattino dopo. Così ho avuto modo di fare il mio "lavoro di imbianchino", cosa che mi ha permesso di rimediare qualche soldino oltre a qualche giorno di licenza in più. Finita quella parentesi, mi ritrovai di nuovo a dover affrontare la realtà. Che fare? Non avevo né arte né parte, solo il mestiere di imbianchino e questo ripresi a fare, fino a quando una mattina, recatomi all'ufficio di collocamento per timbrare il famigerato cartellino rosa (serviva per mantenere la graduatoria, con la speranza di ottenere un domani chissà quale lavoro date le mie inesistenti referenze), un'impiegata dello sportello mi richiamò mentre stavo già uscendo: mi consegnò una busta chiusa.

<<Consegnala al direttore di … (omissis)>>

Busta chiusa, quindi non potevo leggerla ma dovevo assolutamente presentarmi pena, perdere la posizione in graduatoria. Si trattava della sostituzione per dodici mesi di un ragazzo partito militare, praticamente un posto di addetto al magazzino, in breve, un facchino. Realizzai che tutto sommato, si poteva accettare. Cominciai un tipo di vita ben lontano da come l'avevo gestita fino ad allora. Orari diversi (si era nel mese di Febbraio), quindi la rinuncia a frequentare la mia "cricca" e l'estate a venire, niente mare. Cercai di convincere me stesso che le cose sarebbero migliorate, anche quando dovetti fare i conti con la realtà: la retribuzione era molto al di sotto di quanto guadagnavo facendo l'imbianchino. La mia prima busta paga fu di 92.000 lire! (Sic, novantaduemila lire) ed io ne spendevo ben 25.000 mensili solo per una camera in subaffitto. quando prima ne guadagnavo 50.000 a settimana. Non mi vergogno a dirlo: piansi. Un pianto scaturito anche dalla preoccupazione di come avrei fatto a sbarcare il lunario: mi pagavo una lavanderia perché, dove abitavo non avevo l'uso della lavatrice, poi i pasti e l'affitto ... finii preso da uno scoramento. In seguito trovai una soluzione per sopperire a queste difficoltà. Rincuoravo me stesso dicendomi che era solo per un po' di mesi, poi sarebbe andata meglio.

Il meglio sopraggiunse non come lo avevo previsto io, ma in maniera del tutto inaspettata. Sorvolo sul seguito, mi fa ancora amarezza ricordare quel periodo e giustamente la memoria cancella alcune cose, purtroppo lascia vive quelle che hanno inciso di più. Preferisco ricordare un periodo, per quanto breve sia stato ma intenso, pieno di emozioni, di consapevolezza, di crescita. A ricordare anche le "cazzate" fatte. Come diceva Tony, aiutano a crescere.

Sto ripensando che, forte dell'esperienza con Tony, ad ogni donna che ha attraversato la mia vita, ho raccontato questa storia e tutte hanno sentenziato:<<Beh, si sa che i ragazzi cercano le donne mature e a loro volta, loro scelgono ragazzi da "ammaestrare">>

Niente di tutto questo. Prima di tutto la tesi avrebbe valore se un ragazzo, alle prime esperienze, cercasse la donna matura e viceversa la donna dagli "anta" in su, cercasse il suo toy-boy. Credo più che abbiano provato un po' di invidia nei confronti di Tony, perché ha suscitato in me mille emozioni e mi ha fatto diventare "uomo". O forse una sorta di autodifesa? Perché se una donna ha avuto tante storie, viene considerata solo in un modo. Già! Per il popolo bigotto sono sante solo mamme, sorelle e mogli, tutte le altre puttane che, a loro volta, per altri sono mamme, sorelle, mogli e figlie. C'è qualcosa di stonato. Eppure tra me e Tony c'erano solo quattro anni di differenza. E non mi ha fatto da "nave scuola", ero io un immaturo che, nel giro di pochi mesi sono cresciuto. Allora la mia attuale moglie, Stefania, è più intelligente perché ha accettato quanto le ho raccontato semplicemente constatando che è stata una storia del mio passato. Sic et simpliciter! Chi più di lei può apprezzare per come sono adesso? Sono più che sicuro che non prova affatto gelosia del mio trascorso. Ed ogni volta che lei mi chiama per farmi osservare i due vecchietti che, mano nella mano, passano 4 volte sotto casa nostra per la loro passeggiatina, penso sempre: bello vivere 60 e oltre con la stessa persona, matematicamente so che non sarà possibile, però mi piace l'idea. So che la maggioranza delle donne si offendono quando le paragonano le une alle altre ma, devo riconoscerlo, dopo la mia storia con Tony, per molti anni, avevo perso la spontaneità di mettermi (io stonato come una campana) a cantare, non sotto la doccia come si potrebbe pensare ma ovunque mi trovassi. Ora con Stefania lo faccio spesso, a volte mi ci sveglio, sorprendendomi io stesso e, cosa ancora più bella, ridere sonoramente. Altro paragone? Ma sì, facciamolo! È una profonda verità: né con l'una né con l'altra c'è mai stato un battibecco, un minimo screzio eppure due personalità totalmente diverse. Oggi posso dire: sono sereno. Il mio passato? Bello o brutto che sia stato mi ha condotto fino alla maturità.

E i ricordi li porto nel mio cuore.

IL POSTO PIU' STRANO

Premetto che non sono uno scrittore, tento di scrivere. Mi arrangio meglio con i sonetti e le pasquinate ma questa ve la voglio raccontare.

Avete presente un giovane di 17 anni, con gli ormoni in ebollizione?

Bene, immaginatelo alle prese con il desiderio di apparire più grande della sua età. Bene, fino a quel giorno fatidico, avevo avuto soltanto esperienze del tipo "fratel coniglietto" ma quello era il momento: dovevo e volevo dimostrare di essere uomo.

Lei era troppo bella, desiderabile, calda, sensuale, non potevo sciupare tutto come le altre volte. Che fare? A quella età non si poteva fare in casa, né in un androne di un palazzo come spesso accadeva, per quella occasione occorreva... un po' più di intimità. Ci saremmo uniti "biblicamente", anche lei lo desiderava.

Ecco il colpo di genio: una macchina!

Coinvolsi un mio amico, già maggiorenne, chiedendogli in prestito la sua 500. Dopo vari dinieghi e infinite insistenze, cedette ma ad una condizione: entro due ore se non tornavo, avrebbe fatto denuncia di furto.

Avevo il cuore in tumulto. Sotto casa di lei sarò passato almeno 10 volte. Finalmente, dietro il palazzo, è salita.

Corsa frenetica per raggiungere la pineta di Castelfusano, luogo bellissimo allora, ora non più.Tra gimkane e slalom, in mezzo a quegli anfratti di macchia mediterranea, finalmente, l'angolo di paradiso: la nostra alcova, un groviglio di arbusti simile ad una capanna.

Sorvolando certi dettagli intimi arriviamo al clou dell'opera. non so quanti di voi lo abbiano fatto in una 500. Scomodissima, perciò uscii dall'auto.

Immaginate due gambette magre con le braghe calate, ma chi se ne preoccupava?! Stavo raggiungendo l'apice dell'estasi... e qui viene il bello! Un pubblico plaudente e incitante, gridava e rideva incitandoci. Ero finito sul bordo della ferrovia che porta al mare, con un treno fermo e i passeggeri affacciati ai finestrini: era proprio il capolinea... che fu anche il mio!

NATALE '70

24 dicembre 1970Era dal mese di settembre, da quando era partito per la naja, che Gianni aveva lasciato il suo paesino in Calabria, Praia a Mare, per andare su al "nord" come si diceva allora, a Pinerolo per la precisione. Lui, che era sempre vissuto al mare, si era ritrovato in una città che metteva freddo solo a nominarla. Era sicuro che appena arrivato avrebbe potuto togliersi quel pastrano pesante di panno verde e scaldarsi al sole della sua terra.

Avrebbe voluto mettere le ali ai piedi ma la sua condizione di soldato gli imponeva di prendere un accelerato a Torino. Raggiunta la stazione, cercò il suo treno. Camminando lungo il corridoio in cerca di un posto libero, notò che ogni scompartimento era pieno di facce "familiari": valigie legate con lo spago, pensava fosse solo l'icona classica dell'emigrante.

"Sembra già di essere a casa" pensò.

Sì, quel treno era pieno di gente migrata chi in Svizzera, chi in Francia, Belgio, Germania come ebbe modo di sapere quando, trovato un posto, salutò gli occupanti. Sistemò il suo zaino e presentatosi, si vergognò un po' a dover ammettere che mancava da casa da solo tre mesi, quando sentì che i più fortunati c'erano stati l'anno prima, ma molti di loro non facevano ritorno da 5 anni per mancanza di soldi perché li avevano spediti alle famiglie e quindi non erano mai tornati.

Gli si scaldò il cuore quando dai loro borsoni, spuntarono fuori "panini imbottiti". In realtà erano pagnotte svuotate della mollica e farciti, alcuni con patate e salsicce, altri con formaggio, salame, 'nduja... e un effluvio di profumi si sparse per tutto il vagone.

Gianni non si fece pregare due volte, accettò con l'acquolina alla bocca solo nel vedere tutto ciò che gli veniva offerto; questo gli ricordava casa. E non si tirò indietro neanche quando spuntò un fiasco di vino e cominciarono a far girare un solo bicchiere che veniva riempito continuamente.

Mangiando e bevendo gli venne caldo e ben presto si ritrovò senza cappotto e giubbetto. Si sentiva così leggero. Dimenticò tutti quei 'signorsì', quelle marce estenuanti.

Da un altro scompartimento venne un uomo, fisarmonica a tracolla, intonò "calabrisella mia" e poi "se nzuratu Michuzzu, fior di cucuzza" e tarantelle a gogò.

Non si accorsero nemmeno che il treno si era fermato. Se ne resero conto solo quando un controllore, passando di vagone in vagone, annunciò che il treno era fermo per un guasto e non sapeva quando sarebbero ripartiti, né se avessero potuto ottenere un pullman sostitutivo.ERA LA VIGILIA DI NATALE !

Una cappa di piombo, di smarrimento, di sconforto, calò su tutto il vagone. Ma l'uomo con la fisarmonica riattaccò una tarantella. Subito un altro tirò fuori un panettone e, aperto un serramanico, cominciò a tagliare e distribuire fette. Un altro ancora stappò una bottiglia di spumante.

Gianni trovò le parole:<<Auguri! Animo! Vuol dire che quest'anno festeggeremo il Natale due volte>>.

QUEL BRIVIDO

"Brillanti sparsi sulla pelle biondaaaaaaa...."...Non mi è mai piaciuto Fred Bongusto, ma sono anni ormai che mi risuona nella mente. Da quando Fabio, mio collega di lavoro: «Supera le tue inibizioni, mettiti a nudo»Solo il giorno dopo, entrambi liberi dal lavoro, compresi appieno il significato di quelle parole. «Passo a prenderti, andiamo al mare » perplesso, non riuscii a ribattere. Aveva già chiuso.Un pensiero: "Non sarà gay?" Suonò il clacson, scesi.«Solo un avvertimento: non fissare le persone, ma soprattutto cerca di non mostrare la tua eccitazione». Non ebbi neanche il coraggio di chiedere spiegazioni, né tantomeno lo ebbi appena arrivati.«Riservato ai naturisti!» Ecco cosa intendeva per "mettersi a nudo!" Io chea 27 anni ero ancora timidissimo e impacciato, tant'è che la sera mi ritrovai a casa con il... fondoschiena come quello dei babbuini! Però quella terapia d'urto mi fece bene ! Ancora oggi, quel ritornello: "brillanti..." mi avvolge in un brivido lungo tutto il corpo.

Lei: pelle dorata, con la salsedine che metteva in risalto una peluria di pesca. Con molta naturalezza, si avvicinò chiedendomi di farle accendere. Nel posare il libro, mi voltai... era lì, davanti a me!Per quanto mi sforzassi, non potevo nascondere ciò che mi aveva suscitato.Sorrise, comprendendo la mia emozione. Si sdraiò accanto a me, prendendomiil libro lesse il titolo: «Sei a metà. Non ti dico, allora il finale» Non era un giallo: Shogun.Passammo una giornata come nei film, ma la sera:«Vieni a far la doccia da me?»«Ho la mia auto, non posso lasciarla qui, poi devo tornare»

«Lasciala alla rotonda» rispose.

Andammo da lei con la sua Dauphine. Mi sentivo come un bambino, mi batteva il cuore.Entrammo in casa: «Facciamo la doccia e poi andiamo per una pizza»

Ancora oggi, vagando per le strade, cerco di scorgere una Dauphine, di rivedere lei... e un brivido mi assale.

FU AMORE O ERA UN CALESSE?

A volte il confine tra commedia all'italiana, farsa, tragicommedia o dramma, è così labile che l'unica cosa certa che si può affermare è questa: tutto dipende dalle prospettiva dalla quale si guarda.

Con il senno di poi, posso prenderla come una grande commedia all'italiana, in chiave comica. Quindi vi prevengo dal dire: "errare è umano, perseverare è diabolico", visto che io di matrimoni ne ho già due alle spalle e, sempre citando i vecchi adagi: "non c'è due senza tre". Andiamo però per ordine: I° matrimono.

Cosa spinge a farlo? La passione, l'infatuazione, l'innamoramento, l'incoscienza della gioventù, gli ormoni, ecc. ecc., chi più ne ha più ne metta!

Avete mai affrontato i preparativi per questo evento? Per chi non lo avesse fatto, un consiglio: pianificare tutto con raziocinio (a scanso di sorprese). Intanto per chi, come me, non è credente, informarsi prima. Veniamo ai fatti.

Dovendo far contento tutto il parentado (di lei), mi sono rivolto alla Chiesa. Non sapendo che ci fosse una giurisdizione, mi sono rivolto alla Cattedrale del mio paese.

<<Buongiorno Padre, dovrei richiedere il nulla osta, per sposarmi in un'altra regione>>.

<<E' di questa Parrocchia?>>

<<Certo, vivo qui a … (omissis)>> Breve ricerca negli annuali, poi <<In questa Parrocchia lei non risulta, dove abita?>>

<<In via … (omissis)>>

<<Allora lei fa parte della Parrocchia …. Deve andare lì e richiedere il certificato di battesimo e il nulla osta>>.

Tralascio il mio pensiero riguardo al fatto di sentirmi "schedato", mi rivolgo alla Parrocchia dove sono stato indirizzato. Il dialogo seguente è testuale e fedele a quanto è successo:<<Perché si sposa? E perché in un'altra città?>>

<<Abbiamo deciso insieme e lei è nativa di là e là ha ancora tutti i parenti>>

Il parroco prende un tono più paterno e confidenziale:<<Dimmi la verità, l'hai messa incinta? Ti hanno obbligato?>>

Non seguì una mia risposta, in quanto avevo girato le spalle per andarmene.

<<Va bene, va bene! Venga qui che le rilascio il certificato e il nulla-osta!>>

Seconda fase: esce fuori che faremo il matrimonio doppio (una sua cugina di I° grado) date le condizioni della vecchia nonna. Ok, accetto per non creare attriti.

Sorge un problema: il parroco che deve celebrare, pretende si faccia il corso prematrimoniale, cosa per me impossibile, in quanto vivo in altra regione. Motivazione plausibile che mi permette di evitare la cosa, essendo refrattario a certe "usanze", ma che indispone il parroco, il quale si rifiuta di celebrare. Avendo già fissato il tutto, si va in cerca di un altro prete. Trovato! Essendo un anticlericale convinto cerco di denigrare questo "pretucolo":<<A zi' fra', me devi da scusà, nun me intenno de ste' cose, che ddevo da fa la mattina der matrimogno, ho da sta' diggiuno pe' fa la comunione?>>

Premesso che all'epoca pesavo 53 kg, mentre lei era un po' "paffutella", sto prete che fa? Guarda prima me, poi lei, riguarda me, riguarda lei... poi, posandomi una mano sulla spala:<<Magna, magna!>> Touchè, con una gran risata di tutti; decido di invitarlo al pranzo.

Ma non finisce qui! Si va al ristorante, come tutte le cose, non scelto da me. Grande sorpresa del mio neo-suocero che, alla vista del prete, strabuzza gli occhi. Lui che è un "mangiapreti".

<<Mo' che ce fa' un bacarozzo qui?>> (Bacarozzo = termine dispregiativo per indicare un prete).

<<L'ho invitato io!>> mi affretto a dire per evitare imbarazzi ma, appena preso posto, il suocero si alza, si avvicina al prete ed esordisce:<<A zì pre', ma quando vi decidete a chiedere al "Capo" vostro di farvi sposare?>>

Attimo di gelo, poi la risposta del prete:<<E perché? Finché ci sono le mogli degli altri...>> scoppiano risate ed applausi: 1 a 0 per il prete.

E qui comincia il classico rituale: il taglio della cravatta, la consegna del cofanetto regalo di profilattici da rifornirci un reggimento intero.

Arrivano le portate, ma io non ho affatto fame. Ho solo voglia di dormire. No, non pensate sia dovuto all'addio al celibato, cosa che non c'è stata. Dovete sapere invece che le due spose dovevano uscire di casa, per salire in auto, ma c'era un problema: la casa si trovava in cima ad un colle, raggiungibile da una strada sterrata e piena di buche. L'autista si era rifiutato di salire, per non rischiare di spaccare gomme ed ammortizzatori, se prima non avessimo provveduto a togliere le pietre più grandi e chiudere le buche. Tutto questo, fatto dalle 5.00 di mattina alle 10.00!

Cominciano i brindisi e qualcuno, già un po' alticcio, lancia confetti, ma non li lancia in aria, no! Li tira come fossero sassate, tant'è che uno colpisce gli occhiali dell'altro sposo, costretto poi a fare tutto il viaggio di nozze con una lente incrinata. Finita la cerimonia-tortura, si torna a casa, ci si cambia per il viaggio. Al momento della partenza, la mamma dell'altro sposo, gli si avvicina porgendogli un pacco: due piccioni ripieni ed un pollo arrosto. Sì, avete letto bene! Era preoccupata che durante il viaggio potessimo aver fame. Eh già, perché anche il viaggio di nozze lo abbiamo fatto insieme all'altra coppia. Tutti insieme appassionatamente.

Si parte. Dopo due ore, di viaggio gli altri sposi decidono di fermarsi al primo hotel (una pensione). Ore 02.00 della notte, il mio stomaco si ricorda di non aver mangiato, mentre gli altri avevano saltato la cena perché troppo sazi del pranzo. Mi torna in mente quanto ci eravamo portati dietro, così busso alla loro porta, mi faccio passare il pollo. Mattino seguente si riparte. I due sposini sono arrabbiati con me: ho interrotto la loro prima notte di nozze!

Firenze, Bologna, Venezia …. Mentre noi si visitano musei, palazzi e quanto c'è di meglio, il loro problema è solo cercare ristoranti e hotel. Si torna indietro e ciliegina sulla torta, ad un km da casa l'altro sposo esclama:<<Finalmente, il paese è sempre il paese!>>

Questa è solo una parte, il resto ….

To be continued….

RACCONTI DI UN VIAGGIO IN TRENO

A priori voglio tacitare, a quanti sono soliti dire:<<Si stava bene quando si stava peggio>>. No, si stava peggio e basta. Avete presente quei treni che circolavano negli anni '70? Quelli con gli strapuntini nei corridoi? Bene, anzi no, male. Non ricordo più quante volte vi ho dovuto viaggiare, io favorevole ai mezzi pubblici, convertito all'uso dell'automobile, dopo l'ennesima odissea vissuta con le Ferrovie dello Stato. Parlo dell'Italia, non dell'India o paesi simili. Ma torniamo al viaggio: fino a quando viaggiavo da solo, ero in grado di sopportare il disagio di viaggiare in piedi anche per due ore, sul corridoio. Strapuntini tutti occupati, le persone neanche si alzavano quando dovevi passare, per paura di perdere il posto. Ogni volta che qualche passeggero chiedeva permesso (quando lo faceva), dovevi spiaccicarti contro il finestrino per farlo passare. Si viaggiava con i nervi a fior di pelle, sembrava di essere su un carro bestiame, inutile dire che non si poteva andare alla toilette (che eufemismo!), stipati al punto che anche quando frenava, non c'era pericolo di cadere. La rabbia cresceva (rabbia? No, incazzatura vera e propria) anche perché, per quel viaggio, bisognava pagare il supplemento rapido e la prenotazione obbligatoria. A quanti è capitato di fare viaggi simili? Divenne drammatico, dopo che nacque mia figlia. Per motivi familiari, dovevo viaggiare ogni 15 giorni, quindi il costo aumentava: 2 adulti e una bambina. In quel periodo mi accorsi che viaggiare in auto era meno costoso del treno. Durante una di queste "traversate" (mia figlia aveva appena 2 anni), in pieno inverno, come al solito, treno strapieno da non poter neanche togliersi il cappotto, riscaldamento a palla. Per un'ora ho viaggiato con la bambina in braccio, nel corridoio. Finalmente! Un posto libero. Una ragazza si alza, esce dallo scompartimento, la lascio passare e mi fiondo su quel posto che, guarda caso, la passeggera che era di fronte aveva già allungato le gambe. Al mio:<<Permesso>>, era anche scocciata. Dopo 15 minuti, vedevo mia figlia che roteava gli occhi, calore insopportabile. Chiedo se, per cortesia, si può aprire uno spiraglio dal finestrino.

<<Fa troppo freddo>> mi sono sentito rispondere da signore tutte impellicciate da poter attraversare la Siberia. Quello che temevo, successe: mia figlia vomitò. Dove? Letteralmente sugli stivali della donna che non si era neanche degnata di ritirare le gambe. <<xycp!!!>> (omissione del turpiloquio che ne è scaturito). Ed io, alla sue rimostranze che erano stivali di …. (nota marca molto costosa), seraficamente, tirando fuori un documento:<<Questo sono io, mi denunci, faccia quello che crede, chiami pure il capotreno, ce ne sarà anche per lui>>. Come è finita? Aperto il finestrino e fattomi più spazio. Sono arrivato a destinazione senza aver visto né capotreno, né

Polfer. Questa è solo una "chicca" dei miei viaggi in treno. Voi direte:<<Ma ora c'è la TAV, la Freccia Rossa>>. Beh... devo dire che anche su questo ne avrei da dire. Alla prossima.

ERRARE E' UMANO, PERSEVERARE ....

Al contrario di quanto ha scritto una mia amica che, a due passi dal matrimonio, è fuggita a gambe levate, io nel secondo, mi ci sono buttato con tutte le scarpe! Passati 5 anni dal divorzio, quando mi ero ripromesso "MAI PIU'!", ho voluto illudere me stesso: ho incontrato colei che sarebbe diventata la mia seconda moglie. Seduto ad un tavolo di un bar, quando ormai credevo che tutti i miei sogni di mettere radici fossero impossibili, ho incontrato lei. Mi aveva sentito fare l'ordinazione al barista.

<<Sei di Roma?>> (ovviamente in dialetto). Nel sentire quel linguaggio ho sorriso:<<Sì, sono di Roma, anche tu? >> alla sua risposta affermativa:<<Come mai da queste parti?>>

Così cominciò la nostra relazione. Pensavo: moglie e buoi... (a quel tempo vivevo in Umbria, come lei). Fatte le nostre presentazioni e raccontatoci un po' di noi, abbiamo cominciato a frequentarci e, come avviene sempre in questi casi, sembrava una storia tra due fidanzati di 18 anni. Lei cameriera aveva il giorno libero il mercoledì. Non mi sembrava vero. Dopo tanti anni, potevo dividere il letto con una donna. Il martedì, a qualsiasi ora terminava, la andavo a prendere per portarla a casa mia, per riportarla il giovedì mattina. E qui scatta la fase del coglione (si può dire coglione?) e Messalina. Non contento di avere dei bei weekend (anche se in mezzo alla settimana) pur restando libero e senza impegni, le chiesi di venire a vivere da me.

<<Non posso vivere con te. Ho due figli da mantenere, se sono qui per lavoro è perché il padre è fuggito, lasciandomi senza niente>>. Mi raccontò una storia strappalacrime da convincere il più cinico: aveva un bar-tabacchi ma il suo uomo lo aveva fatto fallire e lei stava ancora pagando i debiti. Abbindolato da questa storia e commosso:<<Puoi continuare a farlo! Dei tuoi soldi ne farai quanto devi, per noi ci penso io!>>

<<Ma se poi mi lasci, resto anche senza casa!>> e qui il massimo.

<<Per farti stare più tranquilla, posso anche sposarti!>>

Così, convinto di rifarmi una vita, ho lasciato il mio monolocale, trovato un appartamento, comprato i mobili, auto nuova... non parliamo di cifre. Solo un dettaglio: per non far fallire il primo matrimonio, avevo lasciato un lavoro che mi dava sicurezza, un buon guadagno e una promettente carriera.

Ma, come dicono gli esperti: la storia si ripete. Anche il secondo matrimonio è fallito e di nuovo mi sono ritrovato letteralmente in mutande: sono io quello rimasto senza casa e senza soldi!

Ma io insisto: vi do appuntamento al terzo.

See you later....

ALLA RICERCA DEI PASSI PERDUTI

<<Del senno di poi sono piene le fosse>>

<<Di qui si va per la diretta via, di qui si va tra le perdute genti>>

<<Chi lascia la strada vecchia per la nuova, non sa quel che trova>>

<<Carpe Diem>>

Perché l'essere umano, malgrado gli adagi popolari, i pensieri dei filosofi, si perde continuamente?

E' l'inverno del nostro scontento?

Siamo anime irrequiete alla ricerca continua della Chimera?

Intanto la vita scorre: treni passano ma noi continuiamo ad aspettare quello della felicità.

L'eterna illusione: o non è forse meglio come scrisse Trilussa:<<Tutto sommato la felicità è una piccola cosa>>.

Piuttosto che piangere sul latte versato, non sarebbe meglio godere delle piccole cose che la vita ci dà?

Vivere di rimpianti, di amarezze, di cose perdute, toglie la voglia di guardare al futuro con ottimismo...

Certo a ben rifletterci, tutti vorremmo trovare la quadratura del cerchio. L'ideale, per me, sarebbe: essere saggi ed assennati tra l'adolescenza e la

gioventù, poi da adulti e da "vecchi", lasciarsi andare a "pazziare".
Una cosa è certa. Nel bene o nel male, la vita è bella.
Viva la vita in tutti i suoi aspetti.

SECONDA PARTE

ANGELINA

Quando la conobbi, aveva già superato gli anta. Minata nel fisico e nello spirito da una artrite reumatoide, che non le permetteva neanche quei gesti quotidiani che ogni donna compie, come spazzolarsi i capelli. Aveva, lei sì, bisogno di aiuto materiale e spirituale, eppure, benché le sue mani si stessero sempre più rattrappendo, Angelina ebbe il coraggio di prendere tra le sue braccia e crescerla, prodigandosi e dedicandosi completamente a lei, una bambina di pochi mesi. Mai sentita imprecare contro ingiustizie divine, sopportava il suo dolore, dedicandosi completamente con tutte le sue forze, ad aiutare gli altri. Una eroina dei nostri tempi? No. Una donna come tante, se non ci si sofferma alla superficie, però una donna fuori dal comune. Senza mai chiedere niente per se stessa, e senza esserne ricambiata, era generosa, la sua solidarietà nei confronti degli altri, non era tesa a ricercare riconoscimenti: la sua gratificazione consisteva nella gioia di sentirsi utile per gli altri, senza pensare ad altro.

E' luogo comune credere che queste persone dormano sonni tranquilli, perché con la coscienza a posto, ma Angelina, non riusciva a fare il sonno del giusto: i dolori che la attanagliavano, prevaricavano la sua stanchezza fisica. Eppure Angelina, ancora oggi, se la cerchi, è sempre presente e, nonostante le sue mani siano ormai deformi, lei è sempre pronta a tenderle.

A lei, come a tutte quelle donne piene di amore per il prossimo, non appendo medaglie, dico solo: grazie di esserci.

STORIE D'ALTRI TEMPI.<Dai diamanti non nasce niente.dal letame nascono i fior.........>

Mariano, 17 anni, capelli corvini, occhi neri, un viso scolpito che faceva girare quante lo incrociavano. Ragazzo semplice, cresciuto in una famiglia numerosa, nel sottoproletariato, dove, 50 anni fa, se eri analfabeta, nessuno se ne curava. Anzi, era un modo per sfruttare la manodopera facendo leva sulla ignoranza. Così Mariano passava le giornate in una officina, imparando un mestiere.Cosa che gli riusciva benissimo. Era sveglio, rubava con gli occhi quanto vedeva fare da quelli gia' qualificati. Sognava di aprire un giorno una sua officina,La sua vita scorreva sempre uguale, giorno dopo giorno.Non aveva amici, tornato a casa doveva dedicarsi ai suoi fratelli più piccoli.Gli unici suoi svaghi, erano quei calendari che il padrone dell'officina affiggeva su ogni parete libera dagli attrezzi da lavoro.Le sue prima pulsioni le aveva avuto guardando quelle figure di donne, belle, sensuali, nude. E lui si lasciava trasportare dalla fantasia.......fino al giorno che incontrò lei: Assunta.Aveva deciso di andare da quelle "signorine che danno l'amore a pagamento". Lui, che con le sue mani sporche sempre di grasso, sapeva che nessuna ragazza si sarebbe mai degnata di lui.E avvenne qualcosa fuori da ogni "logica". Lei non era una pin-up, né una donna da Play boy e per la sua età, 37 anni, già vecchia per il più antico mestiere del mondo. Ma quando gli si presentò davanti Mariano, bello come un Dio, ma timido e impacciato, scattò in lei qualcosa di mai sentito prima. No, non istinto materno, tutt'altro.E per la prima volta, da quando aveva perso la sua verginità, all'età di 15 anni, fece l'amore con lui. Con tenerezza, frenando l'ardore e la foga, per guidarlo al piacere. Nel rivestirsi, gli rese quel compenso che lui timidamente aveva posato su l'unica sedia presente in quella stanzetta.Tutto quello che avvenne dopo, divenne cronaca di un giornale locale. Assunta era legata, non per sua volontà, ad un macrò che dopo quell'incontro era uscito di prigione, che la osservava quando intratteneva i clienti. E quando tornava Mariano, lei come la prima volta, non gli faceva pagare la sua prestazione. E questo era motivo di botte da parte del suo protettore, il quale decise di affrontare quel ragazzo, minacciandolo se avesse continuato ad usufruire dei servizi della sua donna.Non aveva fatto i conti con qualcosa che era fuori dai suoi canoni: l'amore.I due si erano innamorati. Malgrado la differenza di età, del mestiere di lei. Fuori da ogni convenzione bigotta e moralista, Mariano e Assunta, decisero di andare a vivere insieme. Mariano, forte del suo amore e della sua incoscienza affrontò (con in mano una chiave inglese), colui che voleva impedire quella unione. Non so se sia stata la buona sorte, la paura del magnaccia di tornare in galera o altro. Ne so cosa si siano detti quei due. L'unica cosa appurata è che quella coppia, ha vissuto insieme per tanti anni, fino alla morte di lei, lasciandolo con tre figli, ma avendo vissuto una vita come e meglio di tante famiglie. Mariano a 21 anni prese la patente, con i soli esami orali e ogni domenica, in macchina, portava la sua famiglia in gita. E alla sera lei, gli insegnava a leggere e scrivere, così da non vergognarsi davanti ai suoi figli, ancora oggi orgogliosi di aver avuto due genitori come loro.

VOGLIA DI TENEREZZA

Quanti nel mondo, conoscono la favola di Cenerentola? E quante Cenerentole ci sono nella realtà? Questa è la storia di Angelina. Vissuta fino a dodici anni in un orfanotrofio dalle "Piccole figlie di Maria". Già all'età di otto anni doveva accudire alle bambine più piccole. Come una mammina, era cresciuta in fretta. Piccola donnetta, le lavava, le metteva a letto, asciugava loro le lacrime, ma voleva bene a tutte: in fondo erano la sua "famiglia".Quanto dolore, misto a gioia, ogni volta che qualcuna di loro, veniva adottata. E una mattina venne anche per lei il giorno più bello. Vennero due signori, lei molto bella, con indosso collana, orecchini... cose che denotavano una certa agiatezza. Quando scelsero proprio lei, si sentì il cuore esplodere: avrebbe avuto anche lei una mamma ed un papà. Infagottò le sue poche cose e seguì i suoi nuovi "genitori". Fuori ad attenderli, c'era una berlina, con tanto di autista.

<<Andiamo in villa>> furono queste le uniche parole che sentì dalla signora.Arrivando, restò a bocca aperta. Davanti a lei, quella che le sembrò una reggia. Ma il suo entusiasmo durò meno di un amen.Appena entrati, la Signora, si rivolse ad una donna (la governante): « Questa e' Angelina. Mostrale quali sono i suoi compiti e la sua cameretta ».Cameretta.....un sottotetto, che nonostante fosse alta quanto un soldo di cacio, Angelina doveva starci piegata, per non sbattere la

testa.Mentre riponeva, le sue poche cose, in un baule, sentì delle risa di bambini: Matteo e Claudio.Scese di corsa le scale, felice di poter trovare bambini coi quali giocare. Ma, ahimè, la governante la frenò: «Dovrai andare quando sarai chiamata, il tuo compito è quello di pulire e rimettere a posto quanto i figli della Signora, lasceranno in giro. dovrai stare in cucina, lavare le stoviglie e i pavimenti » «E la scuola?» chiese Angelina. Dalle suore, aveva imparato a leggere e far di conto, ora?«Scordatela!» fu l'unica risposta che ottenne. Dunque: nell'istituto doveva accudire alle bambine, qui, anche se una villa, doveva accudire due piccole pesti e in più sbrigare le faccende domestiche. Cosa era cambiato? Lei che sognava coccole e abbracci, un po' di tenerezza!Tutto questo, durò fino all'età di 18 anni, quando, fattasi una bella signorina, si accorse che, il garzone del fornaio, quando la vedeva, sorridendo le faceva l'occhiolino. Se ne innamorò subito, come solo sa fare chi è ingenuo e sprovveduto: aria spavalda, ciuffo ribelle, (oggi si potrebbe paragonare ad un Ninetto Davoli ante litteram). Non ci pensò due volte, quando lui (ironia della sorte) Renzo, le disse: «Tu sei la mia Lucia. Fuggiamo insieme. Ti sposo»Ma quella promessa non fu mai attesa. Fino ai 40 anni durò quella vita: lavare, stirare, cucinare... mai una carezza! Veniva presa, nel letto, senza il benché minimo scambio di effusioni. Fino a che, un giorno, Angelina si avviò lungo i binari della ferrovia.No! Non per fuggire via, ma fuggire per sempre.

NANNI PARENTI E IL DELITTO DI CASTELBUONO

Brusco risveglio per Nanni Parenti. Il suo fiuto da investigatore lo aveva condotto in Sicilia e all'amicizia di antica data con Donna Amelia Caruso, nobildonna di buona famiglia palermitana, doveva il trovarsi in quel piccolo ma tranquillo albergo di Castelbuono. L'aveva chiamato al telefono solo qualche convenevole prima per chiedergli se, con estrema discrezione ma sapeva che era una raccomandazione superflua, poteva investigare sulla vita di Sofia Rizzo, la fidanzata di suo figlio, Eugenio. Donna Amelia sospettava che la ragazza fosse l'amante di Tore Lombardo, un ex dipendente dell'impresa agricola della famiglia Caruso, licenziato e denunciato per appropriazione indebita di denaro dell'azienda e falsificazione dei libri contabili. La nobildonna voleva prove della relazione della giovane, per dissuadere suo figlio dalla decisione di sposarla, ed al tempo stesso, confidando nelle capacità investigative dell'amico Nanni, scoprire in quali conti esteri, Tore Lombardo avesse trasferito le somme sottratte alla sua azienda. A Donna Amelia non si poteva dire di no, per questo da due giorni Nanni si trovava a Castelbuono, piccolo paese situato vicino a Cefalù nel parco delle Madonie, con una splendida vista sul mare, soprattutto dal Castello dei Ventimiglia edificato nel 1316 da Francesco I che l'investigatore poteva ammirare dalla finestra della sua camera d'albergo. In quello specifico momento il panorama del paese e dintorni era l'ultimo dei pensieri di Nanni, infastidito dalla telefonata appena ricevuta da Donna Amelia che gli intimava di raggiungerla immediatamente alla sua villa. Immediatamente! E senza una spiegazione! Erano le 7.00 del mattino, cavolo e fino alle 2.00 di notte aveva girovagato nel sottobosco della malavita, bische clandestine, night, per cogliere voci sul tenore di vita di Tore Lombardo.

Arrivando alla villa Nanni rimase sorpreso, di trovarsi ad entrare insieme al Commissario Paolini, dirigente della Squadra Omicidi di Palermo.

<<Buongiorno commissario, che ci fa la omicidi a Castelbuono?>>

<<Che ci fai tu, piuttosto, sulla scena di un omicidio?>>

Si conoscevano da anni, benché non avessero mai avuto occasione di lavorare insieme, conoscevano le capacità e la serietà con cui entrambi lavoravano e per questo si stimavano. Il fatto che il Commissario si trovasse a Villa Caruso non era un buon segno e spiegava il perché Donna Amelia avesse un tono di voce concitato al telefono; la padrona di casa li attendeva nel salone dei ricevimenti, insieme a tutti i suoi ospiti e al personale di servizio.

<<Commissario, sono tutti qui, come aveva richiesto. Nessuno è andato via>> <<Grazie, Donna Amelia. Prima che arrivi la scientifica, voglio dare un'occhiata alla scena del crimine. Vieni anche tu, Nanni. Vediamo se il

tuo fiuto può essermi d'aiuto>>Entrarono nello studio situato in un'ala della villa. Un appartamentino, camera da letto e servizi, messi a disposizione del nuovo Amministratore Delegato della Caruso e Co.Donna Amelia gli aveva consegnato i registri contabili, che voleva venissero esaminati a casa sua piuttosto che negli uffici della ditta. Era proprio lui, il dottor Piazza quell'uomo riverso sulla scrivania, come se si fosse addormentato su quelle scartoffie. Nessun segno di colluttazione, niente fuori posto, solo un foglietto tra le mani di quello che oramai era un morto: solo dei numeri.<<Che ne pensi, Nanni?>>

<<Bé, potrebbe essere un numero di telefono, un numero di conto corrente o relativo a un deposito bancario. Questo sta a voi scoprirlo visto che avete gli strumenti per risalire a quel numero, io sono qui per occuparmi di affari di famiglia>>

<<Non fare il furbo con me! Non ci credo neanche per un attimo che tu non sia qui per lavoro e in merito agli strumenti per decifrare quei numeri, penso che tu ne abbia molti di più e non tutti leciti, non è così? Sai bene che se voglio trovo il modo di farti revocare la licenza. Quindi qualsiasi cosa scoprirai investigando, dovrai collaborare con me. Ed ora andiamo a fare qualche domanda a quanti si trovano in questa casa>>

Mentre tutto il personale di servizio ricordava di averlo visto al suo arrivo alla villa nel primo pomeriggio, solo Guendalina, una giovane cameriera, disse di averlo visto ancora vivo quando alle 20.00 circa, gli aveva portato il vassoio con la cena.<<Cosa gli hai servito?>>

<<Pasta con le sarde>> aveva risposto la ragazza <<Lo aveva richiesto lui espressamente. Quando sono tornata a riprendere il vassoio alle 22.00 l'ho trovato morto e sono corsa ad avvertire la signora>>

Il commissario Paolini lasciò ai suoi subalterni i rilievi del caso e gli interrogatori del resto del personale, mentre insieme all'investigatore Parenti veniva accompagnato da Donna Amelia. In attesa dell'arrivo del medico legale e delle autorità competenti per rimuovere il cadavere, il commissario voleva chiedere alla padrona di casa, informazioni sulla salute e abitudini della vittima. Donna Amelia conosceva il dottor Piazza fin dall'infanzia, erano amici ed aveva fiducia e stima di lui, così quando aveva iniziato a sospettare del Lombardo, lo aveva incaricato di verificare i bilanci dell'azienda. Per questo motivo, dopo aver provveduto a licenziare il Lombardo stesso, aveva disposto che tutti i libri contabili venissero portati alla villa affinché l'amico Piazza potesse lavorare più tranquillamente. Per quanto di sua conoscenza, Donna Amelia informò il commissario che la vittima non soffriva di malattie, anzi aveva goduto sempre di buona salute, aveva condotto sempre una vita morigerata, dedito al lavoro e non si era mai sposato. Dagli interrogatori delle persone in villa, non era emerso niente di particolarmente interessante, non restava quindi che apporre i sigilli alla stanza del delitto ed attendere il referto del medico legale e la relazione sui rilievi da parte della scientifica, che arrivarono sulla scrivania del commissario il giorno successivo.Al medico legale sopraggiunto dietro la chiamata di Paolini, non restò che disporre di trasferire il cadavere all'obitorio per l'autopsia

<<Paolini, sono Camilleri. Ho delle novità per te. Pensavo di chiudere il referto con un semplice: morte per arresto cardiaco. Ma ho trovato tracce di liquidi organici che mi obbligano a verificare se il Piazza abbia avuto rapporti sessuali.>>

<<Allora non è stato sempre da solo! Fammi avere al più presto i risultati, voglio chiudere velocemente il caso, devo portare la famiglia al mare. Ti saluto>>Paolini non fece in tempo a chiudere la cornetta che dovette rispondere ad un'altra chiamata. Era il Parenti, il quale avvalendosi delle sue amicizie, era arrivato a scoprire cosa fossero quei numeri sul foglietto nelle mani della vittima. Quei numeri non erano altro che un conto segreto alle Barbados, e piuttosto consistente. Una somma ingentissima: un milione di euro. Paolini non ebbe dubbi, quell'omicidio era dovuto ai soldi. Chi poteva avere un movente così forte da uccidere? <<Accidenti! Ora chi glielo dice a mia moglie che devo rimandare le vacanze?>>Paolini lo chiedeva a Parenti, ma sapeva che una scoperta del genere avrebbe comportato l'attesa delle analisi del DNA, che avrebbe dovuto chiedere al magistrato l'autorizzazione a fare il test di tutto le persone che, direttamente o no,

erano coinvolte nelle indagini. Ma l'investigatore, abituato a lavorare fuori dagli schemi istituzionali, gli venne in aiuto con un suggerimento prezioso: <<Semplice! Invece di procedere come uno sbirro, perché non procedi alla Poirot? Non leggi i gialli? Convoca di nuovo tutte le persone alla villa, compreso Tore Lombardo, lascia intendere che sai più di quanto dici, mettili l'uno contro l'altro, vedrai che qualcosa di utile ne verrà fuori>>A Paolini dispiaceva dover ammettere che era una buona idea, anzi aveva sempre pensato che un investigatore così sarebbe stato utile nella sua squadra, ma conosceva bene lo spirito libero del Parenti.

Convocò personale ed ospiti nel salone della villa di Donna Amellia e mise in atto il piano concordato il giorno prima.

<<Signori, non voglio perdere tempo! Ho tutti gli elementi per concludere le indagini e passare il tutto alla Magistratura. Potrei disporre il fermo cautelativo per alcuni di voi e richiedere le analisi del DNA di tutti. Sarebbe solo una questione di giorni, una volta accertato chi ha avuto rapporti, anche intimi, con la vittima verrà incriminato per omicidio, dato che il Piazza non è morto per cause naturali>>

A quelle parole Sofia Rizzo ebbe un sussulto. Era lei che aveva avuto un rapporto con Piazza, ma non l'aveva ucciso. Confessò di essere lei la persona che aveva visto per ultima la vittima viva ma non l'aveva ucciso, non ne aveva motivo. Si era prestata a circuire il

Piazza dietro richiesta del suo amante Tore Lombardo per sapere se avesse scoperto degli ammanchi che avevano provocato il dissesto finanziario della Caruso e Co.<<Potete accusarmi di essere una poco di buono, un'arrampicatrice sociale. Mi ero fidanzata con Gegè solo per i soldi e per lo stato sociale. E' stato lui a dirmi che Donna Amelia aveva dato incarico ad un investigatore di scoprire dove Tore avesse trasferito i soldi, visto che cifre del genere non svaniscono nel nulla. Per questo mi sono avvicinata a lui. Volevo la mia parte, perciò sono andata dal dottor Piazza con una bottiglia di Corvo di Salaparuta che Tore stesso mi aveva dato per farlo ubriacare. La bottiglia è ancora nella mia auto. Dovevo riportarla a lui, così mi aveva detto, per non far capire che c'era stato qualcuno in camera con Piazza>>Nessuno parlò, soltanto Tore mentre Sofia parlava, era scivolato dietro tutti diretto alla porta. Colti di sorpresa, nessuno riuscì a fermarlo: corse giù per le scale, salì sulla 126 che usava per muoversi per le strette vie di Castelbuono, e si dette alla fuga. Ma proprio quelle strade gli furono di impedimento. Una volante lo fermò all'uscita dal paese. Il suo sogno di una vita da nababbo, svanì in quella piccola utilitaria che usava quando girava per Castelbuono. Mentre la Maserati, che il Parenti aveva scoperto fosse di sua proprietà, era custodita in un giardino di una vecchia zia che mai l'avrebbe usata. Dall'esame tossicologico risultò che Piazza era deceduto perché nel vino vi era della digitale. Cosa che solo Tore Lombardo poteva aver inserito nella bottiglia. Il suo amico Parenti gli aveva confermato che il Lombardo l'aveva acquistata on line, informazioni che un nerd aveva tirato fuori dal computer del truffatore oramai assassino, compresa l'origine di quei numeri e del conto estero. "Hacker o no, grazie alla tecnologia" pensò Paolini mentre gettava uno sguardo su quel panorama che arrivava fino al mare, pregustando la vacanza con la moglie e lo scampato pericolo della sua ira.

QUATTRO PICCOLI ......ANZIANI di Luigi Lucaioli e Stefania Bocchetta

<<A commissa'! Ce vòle che fate quarche cosa. Ppe' tutta la borgata, girano un po' de teppistelli. Ce vengheno a sona' li campanelli, e ce...>>

<<Calma, signora, si sieda e mi esponga i fatti>>.<<Presto detto: è già un mesetto che quarche malandrino, ce rompe l'anima, tutte le sere, ce sonano li campanelli, ce metteno la colla sui pulsanti, e si trovano aperto er portone, ce staccheno li contatori. Nun se campa più>>

<<D'accordo! Aumenteremo la ronda degli agenti di quartiere. Sono quelle cose che anche noi, da ragazzini, abbiamo fatto>>.Ore 8,30 del mattino. Il sor Gigetto, stava leggendo la cronaca cittadina: "Una baby gang imperversa nel quartiere". Sorrise sotto i baffi, con aria sorniona.<<A Gigge', te fa' ride legge ste' cose? T'aricordi quanno le facevi tu?>>Mario era l'infermiere della casa di riposo, aveva preso in simpatia, quel "nonnetto" sempre allegro. Gli piaceva prenderlo bonariamente in giro:<<pure se ormai, ppe' certe "cose", vivi solo de rimembranze, pari sempre un regazzino!>>"Quanto ce sei ito vicino" pensò il sor Gigetto.

Altri tre mesi durarono le scorribande, dei "ragazzini". Una mattina Mario, non vedendo il sor Gigetto leggere il giornale, pensò "Se sarà inteso male?" ma con stupore, si accorse che non era in camera sua. Non fece neanche in tempo a scendere le scale.

<<Qui è il commissariato di.......abbiamo trovato un vostro ospite, disteso in un portone>>. Mario si precipitò per vedere se fosse proprio Gigetto, ed era proprio lui. Aveva stampato sulla faccia, il suo solito sorriso sornione.

Nel riportare la notizia, al pensionato, notò che tre anziani si erano messi in disparte.

<<Beh? Che ve piagnete? E' morto sì, ma cor soriso su le labbra, nun ha sofferto gnente.>>

Con grande meraviglia, si sentì rispondere <<Ma lui era il nostro condottiero della notte. Adesso senza lui, ce tocca d'anna' a letto presto>>.I tre vecchietti andarono al funerale col personale dell'ospizio che accompagnava altri ospiti sulla sedia a rotelle. Er sor Gigetto non aveva mai avuto una famiglia sua ed era figlio unico...sicché la sua parentela stretta erano i suoi amici dell'ospizio. Michele, il più giovane dei tre consegnò dopo la funzione religiosa, una busta bianca bella gonfia al tipo delle pompe funebri, chiedendogli di porla tra le mani del morto. Gli precisò che la busta conteneva solo bigliettini da parte degli ospiti della casa di riposo... un modo loro per dirgli addio. Se ne tornarono tutti all'ospizio e passarono alcuni giorni, tristi, grigi e spenti. Certo si giocava a carte il pomeriggio e c'era qualche poliziesco da guardare alla tele dopo la cena, ma tutti sentivano la mancanza del sor Gigetto, particolarmente i tre vecchietti che spartivano lo stesso tavolo per il pranzo.Michele, aveva 72 anni, aveva sempre vissuto a Rho lavorando nel podere di famiglia coi suoi fratelli e rispettive prole e cognate. Aveva conosciuto una vedova di Viterbo alla sua prima chat su internet e, a sorpresa di tutti, aveva lasciato la sua campagna natia, i suoi 5 fratelli, per andare a farsi una vita tutta sua... a Roma. Troppo abituato alla sua libertà, non riusciva a rimanere fedele alla signora Maria ormai cornuta come un cervo... E lui, a forza di volare di fiore in fiore... ormai sempre più rinsecchiti.. era rimasto solo, in un appartamento della periferia romana. E dopo un lieve ictus cerebrale, si era ritrovato in ospizio...suo malgradoJacopo, 81 anni fiorentino, testardo e schietto come un pisano, era culo e camicia col sor Gigetto fin dal giorno del suo arrivo. A tutte e due piacevano le donne, se Gigetto non s'era mai sposato, Jacopo aveva avuto 3 mogli che l'avevano rovinato..in quanto alle amanti, se le sceglieva a seconda del giro seno. I due sembrava avessero sempre qualche segreto da spartire, parlavano appartati e sottovoce, poi di colpo sfottevano le infermiere e il personale ridendo, gesticolando come adolescenti. Per tutti erano : Ciccì e Cocò!E il terzo, Antonio, timido e riservato, balbettava leggermente quando si sentiva agitato. Aveva lavorato tutta la vita in una Biblioteca Universitaria. Appassionato di libri ne divorava uno a notte. Ma dopo averli letti era incapace di raccontare la trama... affetto da afasia, diceva una parola per un'altra...

creando storie surrealiste che facevano sgranare gli occhi alla Signora Rosa, la centenaria dell'istituto, professoressa di italiano, ormai non vedente che poverina, ascoltava pazientemente, ma non ci capiva mai nulla, «la prese fra le braccia» diventava «la chiuse nella finestra», «pioveva e aprirono l'ombrello» si traduceva con «aprirono i rami dell'albero». I racconti romantici, diventavano fantascienza, soprattutto se dopo essere stati raccontati dal nostro Antonio, erano poi ripetuti dalla Signora Rosa alla sua compagna di camera, ormai sorda come una campana. Qualche giorno dopo il funerale, avendo ricevuto un attestato sul fatto che er Sor Gigetto non avesse eredi, Mario, ed altri addetti all'arduo compito, conservarono, buttarono o distribuirono le poche cose della camera dell'anziano defunto. Mario trovò un album fotografico in una grande scatola di cartone, c'era scritto: «Se muoio, questo lo date a Jacopo e se nnu lo fate, da lassù ve smonto e do fòco alle istruzioni» Ordine perentorio che non lasciava spazio ad alcuna esitazione.L'album annodato con un cordoncino fu consegnato a Jacopo che lo prese fra le mani con sacralità, come fosse una reliquia e se né andò zitto zitto in camera sua.Il giorno dopo riunì Antonio e Michele nel cortiletto dietro all'ospizio. Non era la prima volta che si riunivano sotto all'olmo, ma fino ad allora c'era sempre stato anche il Sor Gigetto... Jacopo gesticolò un rituale strano con le mani e gli altri lo imitarono fedelmente... poi disse, guardandosi attorno guardingo e con aria complice :«Nell'album che mi s'e dato ieri c'era una lettera del Gigi..... Ci dice che la nostra missione è di continuare... Che non ci dobbiamo arrendere mai» alzò il pugno per concludere «Hasta la Victoria Siempre!» «HASTA LA VITTORIA SIEMPRE>> risposero gli altri due in coro ».«Ha scritto pure che dobbiamo prendere la Lina con noi che glielo aveva promesso» Jacopo si guardò di nuovo intorno e aggiunse sottovoce parlando ad Antonio «pensaci te alla Lina, che sennò fra me e Michele le facciamo le feste. Tu però non t'arrapare eh ?!, mi raccomando... Stasera tutti appuntamento al pozzo a mezzanotte, e portate il materiale che l'altra notte non s'é finito» Sospirò e continuò sorridendo mentre si frugava nelle tasche «Ah, sapete che c'ho trovato pure nell'album? Questa!» disse mostrando una chiave minuscola, «e sapete che c'ha scritto 'sto stronzo? "Per te Jacopo: vediamo te che l'hai sempre infilata dappertutto, se di questa qua il buco giusto lo sai trovare" Pure da morto Er Gigetto vien a romper i coglioni!» gli altri scoppiarono a ridere. Rifecero insieme lo strano rito con le mani, si voltarono le spalle e s'allontanarono dall'olmo quasi facendo finta di non conoscersi...Una domanda frullava nella testa: ma cosa aprirà quella chiave?Ci rimuginarono su durante tutto il pomeriggio, nelle loro vuote ore di senile tedio, una delle probabili cause di ciò che erano diventati, della lotta per scacciare quella noia mortale che durante il giorno li affliggeva e li faceva sentire vuoti, inutili.Era una chiave troppo piccola per qualsiasi cassetto della camera di Gigi, nessuna porta aveva la serratura giusta né lì al pensionato ma nemmeno altrove, di questo erano certi. Forse poteva aprire un lucchetto di qualche baule o un carillon o di un diario segreto tipo quello delle ragazzine adolescenti ma non avevano trovato né l'uno né l'altro tra gli effetti personali di Gigi e di certo non sembrava tipo da scrivere un diario, che diamine! Eppure se c'era una chiave doveva pur esserci un qualcosa da aprire da qualche parte! Ma cosa?Con questo dilemma in testa, si ritrovarono come stabilito, a mezzanotte in punto. Il pozzo si trovava a 10 minuti dalla casa di riposo, una villa antica situata in un parco ai margine del quale cresceva un fitto bosco. Il pozzo era stato costruito dentro il bosco stesso ed era oramai circondato da una fitta vegetazione che lo rendeva invisibile dall'esterno. Lo aveva scoperto Gigi, una sera d'estate in cui annoiato ed insofferente aveva deciso di uscire nel parco per la solita passeggiata e per cercare un refolo d'aria fresca, ma quella volta si era spinto oltre. Camminando lungo la recinzione che divideva le due proprietà, il bosco dal parco della casa di riposo, aveva scorto un punto dove la stessa aveva ceduto, lasciando lo spazio sufficiente per una persona per poter passare oltre e addentrarsi nell'intreccio della vegetazione. Avanzare tra gli arbusti e i rami bassi degli alberi non era stato facile ma la curiosità e lo spirito di avventura avevano prevalso, ed aiutandosi un pò con un bastone, un pò con le mani, Gigi si era inoltrato nell'intreccio fitto fino a scoprire il pozzo. Lì si era seduto, un po' affaticato ed affannato, su una grossa pietra e nell'attesa che il respiro tornasse regolare, si era guardato intorno. "Un tempo deve essere stato un bel posto per i pic nic di famiglia o per incontri galanti!" aveva pensato. Certo ora era solo un groviglio di arbusti che tutto ricoprivano ed il pozzo era ricoperto di foglie e rami marci, eppure a Gigi sembrava di rivederlo com'era un tempo: quel luogo aveva un che di magico!Informare e condurre gli amici sul posto e decidere che sarebbe diventato il loro quartier generale, il loro ritrovo segreto, era stato in un batter di ciglia: fatto e deciso! Ma occorreva ripulire il tutto e fu così che sparirono misteriosamente gli attrezzi del giardiniere.

"Qualche banda di ragazzacci di sicuro! Si saranno introdotti di notte e li avranno rubati!" era stato il commento generale al quale i nostri amici avevano annuito con decisione.Era stata concepita lì, seduti vicino al loro pozzo, l'idea delle incursioni notturne: erano come una ventata di giovinezza, che li faceva sentire sciocchi sì, ma vivi! Avevano anche iniziato a rubare i nomi sui campanelli, quelli più strani, insoliti: facendo leva con un punteruolo, rompevano la plastica che li racchiudeva e poi una bella schizzata di colla, mentre ai cognomi "normali" bastava una bella e sonora scampanellata.Se qualcuno li vedeva per strada, camminare faticosamente con i loro bastoni per appoggiarsi ed aiutarsi nei movimenti, non c'era pericolo che sospettassero di loro, e come avrebbero potuto?! Erano solo 4 anziani decrepiti! Anzi qualcuno chiedeva loro se avevano visto i colpevoli - "Sì, erano dei ragazzini, sono scappati da quella parte!" - e giù a recriminare insieme alle vittime, sui giovani d'oggi che non hanno educazione!Ma le ore più piacevoli le passavano lì, nel loro posto segreto, dove avevano festeggiato compleanni, Natali, Capodanni, Pasque e tutto ciò che avevano voglia di festeggiare. Una volta il sor Gigetto si era come perso a scrutare il fondo di quel pozzo asciutto e oscuro, in silenzio, quasi che fosse lì da solo. Allora Jacopo gli si era avvicinato, più che altro preoccupato che si sentisse male.<< Oh, Gigi! Oicchè tu c'hai? Occhè ti senti male?>><<No, no sto bene amici, tranquilli! Guardavo in fondo al pozzo e basta!>><<Oicché tu guardavi? T'ha perso qualcosa? T'ha visto roba?>><<No. Pensavo soltanto che questo potrebbe essere il nostro pozzo dei desideri e allora mi chiedevo quale fosse il vostro desiderio, quello che vorreste vedere realizzato da questo pozzo!>>Era stato incredibile scoprire che tutti e 3 i suoi amici sognavano la stessa cosa: godersi finalmente gli ultimi anni della loro vita serviti e riveriti in un posto esotico, dopo tanti anni di sacrifici e una vecchiaia in un pensionato!<< Oh te, icchè tu vorresti?>>Gigi aveva sorriso e aveva risposto che si era fatto tardi e dovevano tornare nelle loro stanze. Inutili le proposte degli amici, gli sfottò, le minacce: Gigi non aveva mai risposto a quella domanda. Quanto tempo era passato?

Un anno circa e da quella volta non ne avevano più parlato, chissà perché a Jacopo era tornata in mente quella discussione mentre aspettava l'arrivo degli altri, seduto su un ceppo, dopo aver acceso candele e lanterne per fare un po' di luce. Alla spicciolata, uno dopo l'altro, arrivarono anche gli altri, compresa la Lina, una signora sulla settantina, i capelli candidi e sempre in ordine, un fisico leggermente fuori forma, l'aspetto decisamente ancora piacente, lo sguardo azzurro vivace ed osservatore. Era di origini perugine ma dopo la guerra aveva seguito il marito in giro per l'Italia, di caserma in caserma, mentre faceva carriera nella Polizia. Era rimasta vedova a Roma, ultima tappa lavorativa del marito, sola e senza figli per non pesare su altri famigliari ai quali non importava nulla di lei, aveva scelto la casa di riposo, dove viveva oramai da 5 anni, l'unica che avesse scoperto i 4 "fregni", come li chiamava lei in dialetto perugino, e le loro scorribande. Dopo un caloroso benvenuto alla nuova arrivata, era ovvio che la conversazione si puntasse su Gigi, sulla sua morte e su ciò che aveva lasciato loro in eredità. La sora Lina aveva ascoltato in silenzio i discorsi degli uomini ma quando questi si concentrarono sulla chiave, fu lei a stupirli.<<Scusate, devo dirvi una cosa da parte di Gigetto!>> la guardarono con sorpresa e le si fecero appresso per sentire meglio <<Alcuni mesi fa, Gigi mi dette 'sta busta con dentro un biglietto e me disse de darvela solo se me portavi con voaltri!>><<E che c'è scritto?>> chiesero quasi all'unisono.Lina tirò fuori il

biglietto e lesse <<La chiave apre il mondo dei desideri!
>> Perplessi si fissarono a lungo senza parlare. Che
significava? Troppo presi dalle proprie riflessioni non
avevano notato la crescente agitazione di Antonio, che
continuava a scrutare dentro il pozzo, prima da un lato
e poi dall'altro, girandoci continuamente intorno. Se ne
accorse Michele <<Ehi, Antonio, che ti prende? Hai il
ballo di San Vito?>><<L'avrà morso una tarantola!>>
replicò Iacopo che non si lasciava mai sfuggire
l'occasione per una battuta.<<Il po.. il po... il po.. po.. po!
>> cercò di sforzarsi, ma era talmente agitato che la
balbuzie gli impediva di parlare. Iacopo e Michele
spazientiti sbottarono in brontolii indispettiti.<<Ma
lasciatelo dire! Con calma amico mio, cosa vuoi dirci?>>
Michele cercò di tranquillizzarlo ma con scarso
successo. Mentre gli uomini cercavano di far parlare
Antonio, Lina si era avvicinata al pozzo.<<Io credo che
voglia dirci qualcosa sul pozzo! C'entra qualcosa con
Gigi? In quanto ai desideri il pozzo ha attinenza!>>Gli
uomini si fermarono di botto: Antonio continuava a
ripetere <<sì, sì, sì>> confermando l'interpretazione
che Lina aveva dato al suo tentativo di parlare; gli altri
si guardavano, poi fissavano il pozzo, quindi si
avvicinarono per scrutarvi dentro.<<Pensate davvero
che il nostro pozzo dei desideri c'entri qualcosa con
questa chiave?>> Michele era perplesso però sembrava
una spiegazione plausibile ed anche gli altri parevano
propensi a ritenerla tale e allora cosa restava da fare
se non perlustrare il pozzo. Non era profondo, era solo

un pozzo decorativo, quindi la fune che avevano sottratto insieme agli attrezzi per il giardinaggio era sufficiente per calarsi giù, compito che fu affidato a Michele, ancora abbastanza in forma più che altro per risalire. Con una torcia perlustrò il poco spazio di terra battuta, foglie marce, rami secchi, sassi. <<Buttatemi una pala, cercherò di pulire un pò!>> chiese agli amici che obbedirono prontamente. Rimosse, spalò, scavò e quando oramai aveva deciso di rinunciare scorse delle pietre smosse su una parete del pozzo; aiutandosi con la pala le rimosse e finalmente lo trovò.<<Tiratemi su! Ho trovato qualcosa!>> subito i compagni lo aiutarono a risalire e quando fu di nuovo all'aria aperta, mostrò loro un cofanetto in pietra intarsiata con una serratura, alla quale la piccola chiave che Gigi aveva lasciato, si adattava alla perfezione. Lo aprirono con una certa soggezione, con una certa calma come per timore che una volta risolto l'arcano il tutto si rivelasse uno scherzo sciocco, una delusione: ma non fu così. Dentro al cofanetto trovarono una lettera di Gigetto indirizzata a tutti e 4. "*Miei cari amici, nella mia vita ho sempre pensato a risparmiare per assicurarmi una vecchiaia serena ma il Destino ha voluto diversamente. Ho avuto la fortuna di guadagnare molto bene e non avendo famiglia ho potuto mettere via un piccolo tesoro che non mi è permesso di utilizzare come avrei voluto. Quando sono entrato nella casa di riposo sapevo di non avere molto tempo e quel poco già lo immaginavo triste e solitario,* invece ho incontrato voi! I miei primi veri amici, gli unici! Insieme siamo tornati ragazzini ed è stata un'esperienza che ha allietato il poco tempo che mi era rimasto, per questo ho deciso di dare al vostro ultimo tempo su questa terra tutta la gioia, la serenità, la tranquillità che avrei voluto per me. Un regalo per tutto quello che voi avete dato a me! Guardate nel cofanetto! C'è un biglietto con un numero scritto sopra: quel numero vi cambierà la vita! Seguite le istruzioni!"Una settimana dopo, in Costa Rica 4 persone anziane, 3 uomini e una donna, seduti nel patio di un'elegante villa coloniale con vista sull'oceano, si godevano il panorama fantastico, gustando una ricca colazione, servita da una coppia di cameriere. «Muchachas, el periodico italiano, por favor!»

Subito il giornale proveniente dall'Italia fu tra le mani dell'uomo che l'aveva chiesto."ANCORA NESSUNA TRACCIA DEI 3 UOMINI E DELLA DONNA SCOMPARSI DALLA CASA DI RIPOSO ALLA PERIFERIA DI ROMA" titolava l'articolo di cronaca e proseguiva "Scomparsi oramai da una settimana si teme per la loro vita. Da tempo nella zona operava una banda di malviventi che si era limitata a danneggiare cassette per la posta e campanelli nel quartiere. Si teme che la stessa banda possa aver aggredito gli anziani di salute precaria, per un tentativo di rapina che si suppone finito in tragedia! La Polizia, i Carabinieri, i Vigili del Fuoco con l'aiuto di volontari e dei dipendenti della casa di riposo stanno scandagliando ogni corso d'acqua e lago della zona nel disperato tentativo di trovare almeno i corpi senza vita"<<Oh gente, toccaèvi le palle! Questi bischeri e ci voglian morti affogai! Tiè, menagrami! Noi e si sta ma di mòrto bene! Grazie Gigetto!>> E scoppiarono in una sonora risata

GEI & GEI

Occorre subito dare una spiegazione. Gei & Gei non è un marchio, né un logo di gruppi pop o negozi alla moda. Semplicemente le iniziali di due nomi: Janet e Julie, due donne texane. Si erano conosciute a 18 anni a Firenze, dove erano arrivate per studiare. Con percorsi diversi, si erano innamorate del nostro paese, al punto di restarci a vivere.

Avevano preso in affitto un monolocale insieme, per risparmiare. Per due anni avevano dormito nello stesso letto, facendosi tante risate prima di addormentarsi. Si raccontavano le loro vicende, dei loro corteggiatori, questi famosi latin-lovers italiani. Qualche breve flirt, niente di duraturo. Fino a quando, a 20 anni, Julie disse di essersi innamorata di lui: Cecco. Fiorentino doc, sempre allegro, faccia tosta e spavaldo. Quando le fu presentato, Janet non riuscì a gioire per la sua amica. Sentì una fitta, come se le avessero strappato le viscere. Paura di perderla per sempre, di ritrovarsi sola, di non sentire più la risata cristallina di Julie.Per un anno Janet, non fece altro, ogni sera, che fermarsi a Piazzale Michelangelo, solo per poter udire il suono della sua lingua. E magari incontrare qualche americano.

Ora che si ritrovava sola, senza più la sua amica, benché avesse il suo lavoro di interprete che la teneva occupata molto, a volte fino a notte, sentiva il bisogno di ritrovare un po' del suo paese. Oramai viveva solo aspettando le telefonate di Julie, rare in verità, durante le quali lei le raccontava nei minimi dettagli la sua giornata con Cecco.

Ogni volta che richiudeva il telefono, sentiva qualcosa.... no, non era invidia per la sua amica. Odiava quell'uomo che poteva gioire degli abbracci di lei, del suo bacio della buonanotte.

Quel risvegliarsi al mattino, fare colazione insieme prima di andare al lavoro. Sopraggiunse l'estate e Janet non aveva voglia di fare escursioni al mare, come faceva con la sua amica. Smise anche di frequentare il suo boyfriend. Provava un senso di repulsione ad essere accarezzata da lui. Non era come quando Julie le spalmava la crema solare. Quelle piccole mani, delicate, che la sfioravano, le facevano sentire i brividi. Gli ultimi rapporti con quel "macho" latino, le causavano nausea. Quando lui la penetrava con quel senso di possesso, la faceva sentire sporca, un oggetto posseduto. Aveva deciso, perciò, di non volere più rapporti e di chiudere con le frequentazioni occasionali, che le lasciavano l'amaro in bocca.Una domenica mattina decise di andare in piscina. Voleva sentire il vocio dei tante lingue diverse. Dove trovarle se non alle Cascine? Premonizione? Destino? Chiamatelo come vi fa piacere, non potrà mai superare il piacere provato da Janet nel vedere da lontano lei: Julie! Si abbracciarono a lungo, senza parlare, poi guardandosi negli occhi, si scambiarono baci sulle guance e, mentre voltavano il viso, le loro labbra si sfiorarono. Janet ebbe un brivido lungo la schiena, poi senza rendersene conto, si ritrovò a baciarla di nuovo. Fu una esplosione. Solo allora si rese conto della sua inquietudine, della sua tristezza. Le mancava LEI. Si sedettero e, mentre facevano colazione, Julie le raccontò come e perché si trovasse lì, da sola, senza il suo Cecco. Si era rivelato un fanfarone, un immaturo. Gli piaceva raccontare per filo e per segno, anche i loro momenti più intimi, malgrado lei gli avesse chiesto di non farlo, non le piaceva essere oggetto di desideri sessuali da parte di sconosciuti! Si sentiva profanata! Per questo lo aveva lasciato."Ora sono ospite di una mia amica italiana. Posso tornare a vivere da te?""E me lo chiedi?! Perché non l'hai fatto subito? Non sai quanto mi sei mancata!" Stettero tutto il giorno lì, un senso di pace le aveva pervase, fin quando si accorsero che imbruniva. Si avviarono verso la 2 cavalli di Janet, quella buffa auto che le aveva viste per tanto tempo felici e sempre con la voglia di fare cose nuove.

"Mi faccio una doccia fino a consumare tutta l'acqua calda! E' tanto che non lo faccio più" disse Julie, mentre Janet preparava la tavola.Janet si voltò per mettere due candele sulla tovaglia e se la ritrovò davanti. L'asciugamano come un turbante e un piccolo accappatoio che a malapena le copriva le cosce, appena dorate dall'abbronzatura ancora bagnata, gocce che brillavano alla luce di quelle candele. Nessuna delle due disse una parola. Si avvicinarono. Julie tolse il "turbante" scuotendo la testa per lasciarsi cadere i capelli dorati sulle spalle. Nel sollevare le braccia, le scivolò via l'accappatoio. Rimase lì, nuda in mezzo alla stanza, il suo pube brillava per le gocce che non aveva asciugato. Janet protese le mani verso quei piccoli seni, dritti e turgidi, che a quel contatto la fecero rabbrividire. Le venne la pelle d'oca ma non era per il freddo. Altre volte, senza rendersene conto, aveva provato quella sensazione: nelle sere d'inverno, quando Janet la stringeva a sé per riscaldarla. Le si avvicinò con le labbra, facendole indurire i capezzoli. Sentire la sua bocca sulla sua pelle le fece cadere ogni remora per quel desiderio inconscio che, fino a quel momento, sembrava solo una fantasia. Abbandonò ogni riserva. Desiderava fare l'amore con lei.

Dimenticarono la cena, stese sul divano si abbandonarono a quel gioco fatto di baci, di carezze, di una voluttà che nessuna delle due aveva mai provato a letto con un uomo. E quando, pube contro pube, raggiunsero l'orgasmo, fu un'estasi completa. Arrivare alle stelle e ritrovarsi giù. Un milione di anni? O pochi attimi? Solo il tempo di prendere consapevolezza della loro sessualità. Julie prese a baciarle le reni, sempre più delicatamente, vedendo che Janet inarcava la schiena, di nuovo avvolta nell'eros, finché vinte dall'appagamento, restarono a fissare il soffitto. Spossate, si addormentarono, mano nella mano, per svegliarsi che era mezzanotte passata. Affamate, mangiarono con gusto tutto ciò che avevano sul tavolo. Non ci fu bisogno di parole. Avrebbero

vissuto insieme per sempre. Senza vincoli codificati e senza ipocrisie. Per questo oramai, nel loro quartiere, sono soltanto
Gei & Gei

LO SBIRRO

Vice commissario Angelo Brancaleone. Questo nome appariva, sia sulla porta dell'ufficio, sia sulla sua scrivania. Croce e delizia. Da quando aveva preso servizio, in quel commissariato aveva dovuto imparare, da subito, i lazzi dei suoi subalterni. Gli facevano il verso di quel film: branca... branca.. branca....Ma era amato e stimato, sia dai colleghi, che dalla popolazione di quel distretto. Anche i cosiddetti "malviventi" avevano rispetto per lui, per la sua carica di umanità. Se poteva, evitava di far subire condanne o arresti, quando sapeva che, a commettere furtarelli erano padri di famiglia, disoccupati. Era diventato il beniamino degli anziani.

Più di una volta, quando gli avevano portato persone anziane, che avevano rubato nei supermercati, aveva fatto sì, che venisse ritirata la denuncia a loro carico e aveva provveduto, a proprie spese a risarcire la merce al negoziante. Proprio per questo suo modo di fare era malvisto dai suoi superiori, al punto che, molti suoi colleghi, nel giro di dieci anni, gli erano passati avanti, mentre lui, come "promozione", era stato destinato ad una task force, che si occupava di un serial killer, che colpiva a macchia di leopardo ma, a detta degli esperti (psicologi, psichiatri, profiler) ed anche di un agente della famosa FBI, si trattava, dal suo modus operandi, della stessa persona.Mentre radunava i suoi effetti, si soffermò a quanto stava lasciando per andare nella nuova sede. Lui, abituato a lavorare da solo, avrebbe dovuto collaborare con quei "tromboni". Già due volte, in fase di costituzione di questo gruppo di lavoro, aveva avuto modo di sentire opinioni, convincimenti, di ogni singolo individuo: 10 persone e 10 pareri differenti.Arrivato a casa, non trovando sua moglie, anche lei in polizia, nella squadra buoncostume, prese il fascicolo e cominciò a studiare quelle carte, a sfogliare quelle foto: unico denominatore comune, persone che avevano commesso un delitto, ma ancora a piede libero. Un pirata della strada: omicidio, vittime ma si era presentato il giorno dopo. Oppure sospettato di aver ucciso moglie e figli, ma libero perché aveva un alibi. Cinque casi da risolvere, cinque cadaveri, distanti tra di loro ma tutti, si erano precedentemente macchiati di un delitto. Eppure, la risposta era proprio lì anche se i giornali, riportando le notizie, avevano omesso le generalità delle vittime, la risposta era una sola: c'era una talpa in procura. Se non addirittura, la talpa stessa era il killer. O qualcuno dei giornalisti?

Ricominciò da capo a sfogliare il dossier. Voleva appurare se, ad ogni conferenza stampa di qualsiasi distretto, ci fossero stati presenti gli stessi giornalisti. Cosa facile da accertare. Come era ovvio che, esistendo la task force, le varie procure avessero unificato i dossier. Lavoro lungo e meticoloso, ma avrebbe portato a qualche risultato? Gente che ruotava intorno a questi casi, anche indirettamente, erano più di duecento, certo, non poteva convocarli tutti. A che titolo? Anche gli addetti alle pulizie, entrando negli uffici, potevano leggere i fascicoli."No, quelli vanno scartati subito, non possono avere il dono dell'ubiquità. Devo circoscrivere a quanti, per il loro lavoro, devono continuamente spostarsi. Ecco, questo potrebbe essere un buon inizio", pensò Brancaleone. Ma, sentendo la porta aprirsi, si alzò per andare incontro a sua moglie. Baciandola, si accorse di quanto fosse scura in volto.

«Giornata pesante?» le chiese. « Siediti, devo parlarti »« Rita.... »« schhhhh.... Oggi non ero al lavoro, ma in ospedale: ho il cancro.... Tre mesi di vita. E' ciò che rimane della mia esistenza. Quindi è ora che ti confessi un segreto, che tu dovrai mantenere anche dopo... Quando tu mi raccontavi, o sentivo al tg, le notizie dei delitti, io andavo a chiedere i nomi, con la scusa che stavo seguendo una pista. IO... ho eseguito quelle sentenze di morte! Non volevo che, con queste leggi, la facessero franca. Ma ora che tu fai parte della task force, temo che, quando si scoprirà tutto, tu venga accusato di complicità nei miei confronti ».« Ma..... »«Taci e ascoltami bene: voglio che sia tu, a "scoprirmi" e ad arrestarmi. Prima ancora che inizi il processo, io non ci sarò più e tu avrai la tua promozione. Ed ora, amami ....come la prima volta. »

L'ULTIMO ISTANTE

«Lei e' affetta da antropofobia» questo il responso del professore. Diagnosi, da me programmata a tavolino. Questo avrebbe supportato, la mia richiesta, in sede amministrativa. Da quando, dopo venti anni di servizio, divenuta caposala del nosocomio di....... fui colta da emorragia cerebrale. A mio favore, giocò il fatto, che ero di servizio e che l'equipe medica era di eccellenza. Tutto cominciò al mio rientro. Dopo un anno di assenza, fui accolta da un comitato di festeggiamenti, in mio onore. Baci e abbracci, mi sommersero, e non potei fare a meno di una lacrimuccia, vedendo tanto affetto intorno a me. Ma, quando mi abbracciò Gisella, ebbi un flash: vidi lei, appena uscita dall'ospedale, travolta da un'auto pirata. «Accidenti» pensai «come mi salta in mente un pensiero simile!? » Non so per quale alchimia o scherzo del destino, quel mio pensiero, di lì a poco, si sarebbe rivelata una tragica realtà. Salutata Gisella, stavo ancora ringraziando il professore che mi aveva operata, quando sentimmo lo schianto. Ci affacciammo alla finestra: un corpo inerte, giaceva sull'asfalto. Fui presa da un attacco di isteria e risi come una pazza, fin quando, il professore mi assestò due sonori ceffoni. Ancora non mi ero resa conto della realtà e del futuro che mi aspettava. Presto ne ebbi la conferma.Una mattina, somministrando la terapia ad una paziente, la aiutai a sollevarsi dal letto: la vidi, in quello stesso letto, la stessa notte, esanime. La mattina dopo, entrando in servizio, seppi che durante la notte, la paziente della "4" era deceduta.Per questo, avevo chiesto il trasferimento agli uffici amministrativi. Volevo evitare quanto più possibile, il contatto umano. Come potevo spiegare, che vedevo l'ultimo istante di vita, di alcune persone? Sarei stata presa per pazza, meglio tenermi questo segreto con tutto il suo peso. Accettai in silenzio, la mia condanna, sperando di non essere più abbracciata, neanche per amore.Non potevo sopportare l'idea di vedere l'ultimo istante di vita di chi mi viveva a fianco.

QUEL MALEDETTO RAVE

Ore 7,30 del mattino. Vengo svegliata dallo squillo del telefono, mi alzo per andare a rispondere perché si trova nell'ingresso. Mi affaccio alla porta della camera di Giulia per vedere se è rientrata. Da quando ha compiuto 18 anni le ho dato il permesso di rientrare tardi. Camera vuota, letto intatto.....ho già un presentimento.... alzo la cornetta... dall'altra parte una voce: « Qui è l'ospedale di... sua figlia ha avuto un incidente »Neanche mi lavo, infilo una tuta e parto con la testa in fiamme, le mani mi tremano.Ora sono qui, nell'obitorio, che osservo mia figlia, lì, stesa su quel tavolo di marmo, bianca anche lei da sembrare una statua.

«No, non è possibile, non può essere lei, la mia Giulia, lei è sempre stata assennata, no non può essere!» continuo a ripetermi <<ditemi che non è lei» «Signora, venga ci sono gli agenti che vorrebbero farle delle domande. Anche se è doloroso per lei, è necessario. E' stata portata qui da un'auto che è fuggita prima ancora che gli infermieri intervenissero. Abbiamo fatto il possibile, ma aveva ingerito una quantità di alcool e pastiglie, che ancora non sappiamo cosa, ma presumiamo sia dovuto ad un mix incontrollato»

"Come è possibile, io, madre non conoscevo affatto mia figlia"

Lei sapeva, conosceva sua figlia, chi frequentava, avevano sempre avuto un dialogo aperto sulla droga, sui contraccettivi. Sapeva dei sogni di Giulia, del desiderio di iscriversi alla facoltà delle comunicazioni, voleva diventare giornalista.

«Di chi sono questi vestiti? Mia figlia non ne ha mai portati di questo tipo!»

«Mi spiace, sono tutto ciò che aveva indosso quando l'abbiamo portata in terapia intensiva»«Voglio vederli in faccia, questi assassini, hanno ucciso la mia bambina!»«Ci dovrebbe permettere di prendere il computer di sua figlia. Il cellulare lo abbiamo già. Vorremmo leggere tutti i suoi messaggi, i suoi contatti, ma sarà molto difficile. Questi raduni avvengono tramite la rete. Possiamo solo conoscere il luogo dove è avvenuto, purtroppo è facoltà degli amministratori locali concedere i permessi, ma spesso si svolgono in località a noi sconosciute, fin quando non avvengono tragedie come questa».Ora mi ritrovo qui, sola a piangere una figlia che mi accorgo di non conoscere così bene come credevo. Continuare a vivere con questo senso di colpa, o seguire mia figlia, nell'oblio?

SUI BINARI DELL'EROS

Francesco aveva 25 anni quando, laureatosi cum laudae e un master, venne contattato dalla più grande compagnia assicurativa sul mercato. Stipendio da favola, nessun ragazzo, anche se di famiglia benestante, aveva mai ottenuto tanto, pur con le raccomandazioni di famiglia. Auto aziendale: una lancia Flaminia, il top per quegli anni. Il suo compito era girare per tutte le filiali del territorio italiano, isole comprese. Aveva carta bianca, sia per decidere delle promozioni, che del taglio dei "rami secchi".Così, dopo due anni, aveva deciso di chiedere a Miriam, la sua ragazza, conosciuta quando erano tutti e due matricole universitarie, di sposarsi. Se ne era innamorato subito: capelli rossi, bocca carnosa, sessualmente attiva, anche in "quei giorni".Vent'anni, sempre come fosse il primo incontro. Ma ora, a 45 anni, sempre più spesso, gli si negava. Classiche scuse: emicrania, stanchezza....Amava Miriam, cercava di giustificarla, perché lei, che voleva avere dei figli, non poteva. Attribuiva questo calo di desiderio, a questa sua depressione, l'aveva accompagnata anche in Svizzera, in una clinica specializzata in fecondazione.Nel frattempo, Francesco, continuava con il suo lavoro, anche se, a 45 anni, viaggiare per tutta la penisola, in auto, un Suv con tutti gli accessori e comfort possibili, gli pesava sempre più. Con l'avvento delle frecce, di TRENITALIA, prese la decisione di viaggiare sempre in treno. Ufficialmente era per aver modo, prima di arrivare a destinazione, di leggersi la documentazione, ma in cuor suo, sapeva che era una scusa per prolungare quei viaggi. Fu così, che una mattina... freccia rossa Torino-Milano....

Accomodandosi al suo posto, la vide: Letizia.Capelli corvini, sciolti sulle spalle, occhi verdi, che notò appena lei accennò un buon giorno, accavallando le gambe, coperte da un kilt, tenuto da uno spillone d'oro. Si fissò a guardare cosa stesse leggendo: *"L'insostenibile leggerezza dell'essere"*.Lei, accortasi, sorrise, scostandosi i capelli sul viso... una bocca carnosa, sensuale.Francesco si meravigliò dei suoi stessi pensieri. Si sentì fremere ... fremere di desiderio per quella donna, al punto che, aprendo la 24 ore, gli caddero dei fogli in terra. Mentre si chinava per raccoglierli, lei accavallò le gambe e.... "no, non è possibile, ma... NON HA GLI SLIP!"

Sì, aveva visto bene, quel triangolo che vedeva, era il suo sesso!Cercò di darsi un contegno, ma la sua faccia, congestionata, tradiva il suo stato. E lo fu, ancora di più quando lei, prese una matita, e, ripiegando il libro, ci scrisse sopra qualcosa.Si alzò e chiedendo permesso, con un sorriso, mostrò a Francesco, la pagina scritta: FOLLOW ME.Fauci secche, battito accelerato, si alzò anche lui e, in trance, la seguì. Porta della toilette socchiusa. Entrò: non aveva avuto bisogno di spogliarsi.Le era bastato aprirsi la gonna.« Prendimi » gli disse. Ma in realtà fu lui ad essere preso. Si ritrovò fra le sue gambe, avvinghiate alle sue spalle. Un vortice di sensi, come non provava da tempo, ventre piatto, un monte di Venere che avrebbe voluto esplorare, ma il posto limitato glielo impediva. Solo passando le dita sul suo sesso, poté sentire il suo calore.Il profumo della sua pelle, due aureole scure circondavano i suoi capezzoli che si ergevano turgidi. Quando si accorse che, mugolando, lei stava avendo un orgasmo, si lasciò andare all'esplosione del suo sesso. MILANO CENTRALE – «Siamo arrivati? Non so neanche il tuo nome»

«Letizia, questo è il mio numero»Prese la matita e glielo scrisse sul petto.

«Sei sudato, prima che si cancelli, memorizzalo» Richiuse la gonna, con lo spillone ed uscì.A lui non rimase che darsi una rinfrescata, tornare al posto, prendere la sua roba e scendere, seppur con le gambe molli. Memorizzò subito quel numero, sul cellulare, poi, incredulo che fosse vero, scrisse un messaggio: «Io sono Francesco»Risposta: «Ciao Francesco, piacere. Chiamami ogni volta che viaggi, dimmi in quale hotel scenderai... ti raggiungerò».

UN IMPROBABILE ST. KLAUS

Aveva già 25 anni, Marco Aurelio. Così lo avevano chiamato i suoi genitori. Suo padre, appena aveva saputo che era un maschio, aveva voluto imporgli quel nome. avrebbe fatto grandi cose nella vita. Ed invece, dopo una laurea in psicopedagogia e un master, si ritrovava a fare lavori saltuari: co-co-pro, a termine, stagionali, di qualsiasi genere. Certo, non era il suo sogno, ma questo gli permetteva di guadagnarsi dei soldi per le sue spese, senza dover chiedere ai suoi. Ricordava quanti sacrifici avevano fatto per farlo studiare, al punto che alle feste, ai compleanni ma soprattutto a Natale, suo papà cercava sempre mille scuse per il fatto che non avrebbe ricevuto regali desiderati, ma solo quello che la loro situazione avrebbe permesso. Marco Aurelio sapeva bene quale era la loro situazione economica, come sapeva bene che la storia di Babbo Natale era tutta una invenzione. A volte l'ironia del destino, gioca brutti (o belli?) scherzi. A lui che non ci credeva, quell'anno, dopo aver già svolto tre lavori saltuari, gli fu proposto di vestirsi da Babbo Natale, in un centro commerciale. Al solo pensiero, lui già rideva. Solo a pensare di indossare quel vestito rosso, la barba bianca, proprio lui che era sempre stato esile e mingherlino, come in certi film americani, avrebbe dovuto suonare un campanello e gridare: <<Oh – oh – oh ...>>, seduto sotto un albero illuminato, a fianco di due renne di peluche.

Certo, proprio lui che non aveva mai potuto permettersi di chiedere alcun regalo, doveva stare lì fino alla sera della Vigilia, aspettando che i bambini si sedessero sulle sue ginocchia, per mostrargli la letterina con i loro desideri. All'ennesima richiesta, ebbe voglia di mollare tutti, a costo di non essere pagato. Era disgustato da quelle richieste di bambini viziati, già consapevoli che avrebbero ottenuto tutto.

Stava per alzarsi, quando vide, dietro ad una colonna, un bambino stretto in un cappotto, con le maniche troppo corte. Era evidente che lo aveva da tanti anni, pure se nel frattempo era cresciuto.

Gli fece cenno di avvicinarsi, ma quello si nascose ancora di più dietro la colonna. Capì che non si sarebbe mai avvicinato. Troppo impaurito? Timidezza o consapevolezza che non poteva chiedere niente? (Seppe poi che la mamma portava i propri figli in quel centro per diverse ore al giorno, solo per stare più caldi, non potevano permettersi quelle salatissime bollette del gas). Erano lui ed una sorellina, suo papà era un lavoratore "esodato" grazie ad una certa signora Fornero.

Si diresse verso di lui: <<Come ti chiami?>> a testa bassa il bambino rispose: <<Marco>>

A quella risposta, si tolse la barba:<<Anch'io mi chiamo Marco. Marco Aurelio, è il nome di un imperatore

romano, lo studierai quando andrai a scuola. O già ci vai?>>

<<Faccio la prima elementare io!>>

<<Oh, allora sei grande. E non hai un desiderio?>>

<<Noi siamo poveri, non possiamo comprare i regali. Mio papà mi ha detto che non sei tu che li porti. Sono i genitori ed i parenti che li fanno>>

Marco Aurelio rimase colpito da quelle parole. Per lui era stato facile accettare la verità dai suoi genitori, perché se anche non lo avevano ingannato col Natale, comunque i regali li aveva ricevuti.

<<Ma c'è qualcosa che ti piacerebbe avere?>>

<<Io non voglio niente, ma la mia sorellina avrebbe bisogno degli occhiali, ma il mio papà ha detto che dovremo aspettare>>

Immaginando cosa dovessero aspettare, conoscendo l'iter della sanità, Marco Aurelio chiese a Marco:<<Portami dalla tua mamma, voglio parlare con lei>>

Nello stesso momento una signora, tenendo un bambino per mano, gli si avvicinò:<<Mio figlio deve consegnare la letterina a Babbo Natale>>

<<Spiacente, signora, il centro commerciale sta chiudendo e Babbo Natale deve partire con le sue renne>>

Si avvicinò alla mamma di Marco, anche lei indossava un cappotto che aveva conosciuto tempi migliori.

<<Mi perdoni, non voglio umiliarla, ma forse il Natale ha influenzato anche me. Al piano di sopra c'è un ottico,

se andiamo subito lì faremo misurare la vista alla bambina e sceglieremo gli occhiali>> poi prendendola in disparte <<E a suo figlio cosa piacerebbe? Non mi guardi come se fossi un marziano. Non deve neanche ringraziarmi. Sono io che ringrazio lei, se mi permetterà di farvi questi regali>>

<<Forse a Marco potrebbe piacere un gioco che ha visto dai suoi compagni di scuola. Credo si chiami SuperMario>>

<<Bene, intanto che lei fa visitare la bambina, io vado al reparto giochi con Mario>> Appena fatto, non diede neanche tempo alla donna di ringraziarlo.

<<Mi dica solo come si chiama la bambina>>

<<Si chiama Anna>>

<<Buon Natale, Anna e fa Buon Natale anche al tuo papà>>

Con queste parole si avviò verso l'uscita, cominciando a togliersi il costume rosso e quel cuscino sulla pancia.

Quella sera a casa, guardando e abbracciando i suoi genitori:<< BUON NATALE A VOI! >>

UNA STORIA DENTRO LA STORIA

La mia storia comincia a 20 anni. Tralascio infanzia e adolescenza abbastanza comuni a molti ragazzi. Dovevo partire militare (all'epoca, anni '70, la leva era obbligatoria) e benché avessi salutato la sera prima, "molto calorosamente" la mia ragazza, come si definiva allora, ero dispiaciuto non poterlo fare proprio quel giorno, così le telefonai per darle il mio arrivederci alla prima licenza che avessi ottenuto.

Fu lei a chiedermi di passare a salutare sua madre, altrimenti si sarebbe offesa, che si era affezionata a me e ... bla bla bla. Cosa che, ob torto collo, feci. Non potevo, per telefono, spiegarle ciò che non avevo mai avuto il coraggio di dirle a quattro occhi. Avevo intuito, da certi atteggiamenti, che sua madre non provava nei miei confronti, un affetto "materno". Tornando indietro con la memoria, posso dire: mi stava aspettando. Abbigliamento ... scarso, l'abbraccio ... una spirale di voluttà.

Fuggii a gambe levate, non mi piaceva vivere quella situazione, per principio non tradisco, figuriamoci con la madre della mia ragazza, della quale sentivo di essere sempre più innamorato. Forse la distanza, poterla sentire al telefono per pochi minuti, quel maledetto apparecchio, fagocitava gettoni alla velocità della luce. Glissai la sua domanda su come era andata nel salutare sua madre, con la scusa appunto che avevo pochi gettoni. Mi ero ripromesso di parlargliene alla prima occasione, sperando di trovare le parole giuste. Per tre mesi andavo costruendo il mio discorso, seduto in Piazza dei Miracoli, unico posto dove potevo ritrovarmi solo, in mezzo a tante gente.

Tre lunghi, interminabili mesi, prima di ottenere la mia prima licenza che, peraltro, rischiai di perdere, in quanto, per la fretta di arrivare prima, volevo prendere il treno precedente, non sapendo che obbligatoriamente dovevo prendere l'accelerato, come indicato sulla licenza. Alla mia giustificazione il Capotreno sorrise: <<E' uno sbaglio che fanno tutti, in buona fede o meno. Ti capisco. Non ti ritiro la licenza, ma devi prendere l'altro treno>>.

Mai potevo immaginare quanto poi sarebbe accaduto. Ero talmente cieco e sicuro di me stesso, che avevo pensato di farle una sorpresa, non dicendole del mio arrivo. E sorpresa ci fu: suonai alla porta, venne ad aprirmi sua madre (non vi avevo detto che era separata dal marito), ma lei era sola; alla mia richiesta di dove fosse la figlia:<<Ma come, non sai niente? È a casa dei suoi futuri suoceri, stanno facendo i preparativi per le nozze. Ma voi, non vi eravate lasciati? Lei mi ha sempre raccontato che, quando sei partito militare, l'hai lasciata perché non volevi legami>>.

Un cielo nero, pieno di temporali, si abbatté nel mio cervello. Ero ancora fermo sulla soglia impietrito, lei mi prese per mano e mi fece entrare. Mi porse un bicchiere di grappa:<<Bevi, hai una faccia ...>>.

Mi strinse a sé, sarà stato l'alcool (ero astemio) o l'astinenza di tre mesi, sempre a desiderare quando sarebbe arrivato il momento (o forse vendetta?), la presi lì, sul divano.

Non so quanto tempo passò, cenai con lei e uscii per andare a cercare i miei amici, si dice che in certi momenti si ha bisogno di loro. È possibile che, in soli tre mesi, il mondo possa cambiare? Sì, in quel piccolo bar che era il nostro ritrovo, seppi dal vecchio banchista coi piedi piatti, che della nostra cricca c'era\ rimasto solo lui. Chi adesso aveva una ragazza, non frequentava più quel bar. Altri erano andati a lavorare all'estero. Trovai delle lettere di alcuni di loro, tornando a casa. Francia, Germania, Australia: mi avevano scritto il loro indirizzo e qualcuno mi invitava, appena finita la naja, a raggiungerli, c'erano buone prospettive di lavoro. Appena congedato, non esitai a preparare i documenti per allontanarmi dal mio paese, che mi aveva procurato solo dolore per crearmi un futuro. L'Australia era la mia meta.

Dieci anni durò il mio "esilio" forzato, ma poi la nostalgia prese il sopravvento. Non resistevo più, tornai in Italia. Forse è vero quando dicono che ognuno di noi ha il suo destino segnato.

Una domenica mattina passeggiavo come un turista per la mia Roma, via Giulia, ebbi un tuffo al cuore; la riconobbi subito (o forse non l'avevo mai dimenticata), fattezze di donna matura, ma ancora più bella di quando era ragazza e, come seppi poi, dopo due gravidanze ancora più sensuale. Rimase pietrificata nel vedermi, temeva che l'avrei aggredita? Sfoggiai un sorriso rassicurante per metterla a suo agio e mi avvicinai a lei. Una esplosione di emozioni nell'abbracciarla mi sopraffece, ma feci finta di nulla e ricambiai i suoi baci.

Quanto avvenne dopo sembrava la regia di un film: lei che mi invitava a casa sua, mi avrebbe presentato suo marito e fatto conoscere le sue figlie. Non so perché accettai, ma credo di non ricordare di averle detto né sì né no. La seguii mentre mi diceva che suo marito era al parco divertimenti con le bambine, sarebbero tornati per l'ora di pranzo.

<<Ovviamente sei nostro ospite. Mi sei mancato, ti ho pensato sempre, ma quando sei partito militare ho avuto paura. Paura di trovarmi sola con mia madre, senza un padre e te che ancora non avevi un lavoro stabile>>.

Mentre mi diceva queste parole, mi strinse forte, facendo aderire tutto il suo corpo al mio, tanto da farmi sentire il battito del suo cuore, il pulsare delle sue vene ... sentivo che mi desiderava. Liberai i freni inibitori, non ero io che tradivo. Dopotutto l'avevo desiderata per 10 anni!

Al ritorno del marito, pranzai con loro, giocai un po' con le bambine poi, seduti in salotto, lui mi chiese del mio lavoro in Australia. Gli raccontai avventure a volte inventate, si entusiasmava come un bambino. Decisi che era il momento di andarmene, il momento dei saluti:<<Ho parlato con mia madre al telefono, gli ho detto di te. Vuole che passi a trovarla>>

Mi salutò chiedendomi di non sparire. Ebbi la sensazione che le due fossero d'accordo già anni prima, ma fugai i miei pensieri e mi precipitai dalla madre: l'avrei salutata ben volentieri, prima di sparire per sempre dalla loro vita.

DIARIO SEGRETO DI LAURA K.

1 . Prologo.

Mi chiamo Laura, 28 anni. Ovviamente tutto ciò che mi riguarda sarà modificato con nomi e luoghi diversi. Capirete perché, leggendo le mie confessioni.

Ho un lavoro che mi permette di vivere ed avere molto tempo libero che dedico al volontariato, al telefono rosa. Questo perché a 13 anni fui stuprata da mio padre, fino ai 18, quando finalmente potei andarmene di casa, con la vita segnata e un gran disgusto per gli uomini, che ancora oggi mi porto addosso. Fin qui storia di ordinaria follia, infatti è risaputo che la maggior parte dei casi di violenza, avviene tra le mura domestiche. Vivo sola. Non riesco, malgrado le sedute dallo psichiatra, a vivere con un uomo, neanche a farmi sfiorare. Ho scelto di dedicarmi al telefono rosa, per il mio vissuto, ma da tre anni a questa parte, qualcosa è cambiato. Sono stanca di sentire che, ogni giorno in media, tre donne vengono uccise da coloro che dovrebbero amarle. Avrete intuito: sì, mi sono sostituita alla Legge! Quella "K" sta per "killer". E' scattato in me qualcosa che covavo fin dai 13 anni: uccidere mio padre! L'occasione me la fornisce l'ascolto di tante donne, vittime di questi mostri, ascoltando le loro storie, facendomi raccontare i più piccoli particolari, riesco a conoscere luogo e abitudini del mostro. Da lì tutto diventa facile, a volte mi meraviglio io stessa di come posso avvicinare la mia prossima vittima, circuirla una volta riuscito l'approccio (in questo gli uomini sono degli emeriti cretini, si sentono grandi conquistatori), non mi resta che creare l'occasione, per vendicare un'altra donna. Non provo nessun rimorso, nel fare questo. Anzi, leggendo i commenti sul web, perché i media non ne fanno gran rumore, sento che la gente è con me. Per loro sono "IL VENDICATORE". Vorrei gridare al mondo: <<Sono io, sono una donna! Maschi,tremate, le vostre aberrazioni, saranno ripagate!>>, ma non sono ancora appagata, fin quando aprendo il giornale, sentirò di un altro omicidio, continuerò, se non sarò fermata prima.

Sto leggendo l'Almanacco degli avvenimenti dell'anno appena trascorso. Un lungo elenco di donne uccise per mano dell'uomo. Vengono catalogati come casi di "femminicidio". L'articolo non approfondisce le notizie, informa semplicemente i lettori che molti casi restano insoluti o si risolvono con condanne così irrisorie che, a mio avviso, sono quelle che istigano all'emulazione, innescando una spirale senza fine. Dei 10 omicidi da me compiuti, non c'è traccia e questo mi fa arrabbiare ancora di più. No, non è perché ricerco la fama, vorrei solo far sì che molte donne si ribellassero e reagissero. Ovviamente se si chiede alla stampa del perché di questa lacuna, risponderebbero che non si può istigare alla vendetta e all'omicidio. Credo che così di uomini (almeno qui in Italia), ce ne sarebbero molti meno. Forse sarà il caso che io faccia un salto di qualità: dal telefono rosa, passerò a far volontariato al Centro Antiviolenza.

Date le mie credenziali non è stato difficile essere cooptata nell'Associazione. Ho dato la mia disponibilità per tre giorni a settimana, per avere tutto il tempo per poter organizzare quanto cinicamente, scientemente, sto architettando: vendicare quelle donne uccise dai loro uomini che la Legge, per cavilli, eccesso di garantismo, rimette in libertà. Ed anche quando vengono condannati se la cavavano con pene assolutamente non consone all'efferatezza dei delitti.

Di una cosa sono sicura: dovranno prendere provvedimenti più drastici, con leggi veramente severe. Ora come ora, quando si parla di ergastolo, ho sempre creduto significasse: FINE PENA MAI.

In realtà però, quando un uomo a 30 anni, qualora venisse condannato, a 40 già , tra abbuoni, condoni e quant'altro si ritroverebbe libero di rifarsi una vita, ma le loro vittime? E i loro familiari? Qui non si tratta di vendetta, ma di fare Giustizia giusta!

2 . ASSUNTINA/FRANCA.

Non era passato un mese da quando avevo iniziato il mio volontariato al Centro antiviolenza, quando dall'altra parte del telefono una voce disperata chiedeva aiuto. Il marito, già condannato a tre anni per tentato omicidio, uscito di galera aveva continuato a minacciarla e, benché a seguito dell'ennesima denuncia era stata emessa una ingiunzione di non potersi avvicinare a lei, era tornato: l'aveva di nuovo picchiata e minacciata con un coltello alla gola. E quando lei lo aveva implorato di non picchiarla più, non contento, l'aveva sodomizzata. Si era reso necessario trovarle un alloggio in una struttura protetta. Nel sentire il racconto di Assuntina, così si chiamava la donna, che era stata un mese in coma a seguito di quelle percosse, riprovai lo stesso dolore e lo stesso disgusto per quanto io stessa avevo subìto. Ferite che ancora non si erano rimarginate, né mai accadrà.

"Questo sarà la mia prossima vittima" pensai.

Così nei giorni a seguire, presi ad andare da "Franca" (avevamo scelto al Centro di cambiare nome alle donne che assistevamo). Mi feci raccontare tutto di lei.

Seppi che era della Calabria. Era venuta al Nord (non aspettatevi che dica la città), appena quindicenne, presso una famiglia, come servetta. Mi fece vedere delle foto, era bellissima, classica bellezza meridionale, con tanti sogni ma anche con tante inibizioni e tabù che le erano stati inculcati fin da piccina.

Finite le elementari, non l'avevano più mandata a scuola.

<<Tanto che serve, è una femmina, troverà marito e farà la donna di casa>>

Poi a 15 anni, decisero di mandarla a servizio, piuttosto che avere una bocca in più da sfamare. Se da una parte le procurò dolore, fu solo perché lasciava sua madre e le due sorelle, ma era anche contenta perché non avrebbe più subito le percosse di suo padre.

Magra consolazione, perché fin dai primi giorni si ritrovò a fare i conti con la realtà: era una schiava. Le avevano insegnato solo dove doveva andare a fare la spesa. Quello era l'unico tempo libero che passava fuori di casa. Neanche la Domenica, quando loro uscivano per la Messa, a lei non era concesso. Fu in quelle occasioni, quando si fermava dall'ortolano, che si accorse che dall'altra parte della strada, c'era un'officina dove lavorava Giuseppe, che poi sarebbe diventato suo marito.

Anche lui del Sud, emigrato per imparare un mestiere. Più grande di lei, aveva 18 anni. I primi tempi lui si limitava a farle un sorriso e un cenno con la mano. A "Franca" batteva il cuore, un po' perché quel ragazzo le piaceva, ma anche per timore, perciò affrettava il passo per tornare a casa. Non le sembrava vero che qualcuno si interessasse a lei. Così quando si ritrovava nella sua cameretta, ricavata da un sottoscala, senza finestra, cominciava a fantasticare su quando si sarebbe sposata, sull'avere una casa tutta sua. Intanto i mesi passavano e lei viveva le giornate pensando a quando avrebbe potuto uscire di nuovo e vedere quel meccanico che le sorrideva sempre. Finalmente arrivò il giorno in cui lui attraversò la strada e si fermò davanti a lei, impedendole di andare avanti.

Raccontandomi queste cose "Franca" si era resa conto che, in quella occasione, non fu come lei pensava dovesse essere. Anzi, sembrava più un interrogatorio che un corteggiamento. Tranne che dirle: "Quanto sei carina», il resto fu solo: «Quanti anni hai? Da dove vieni? Hai un fidanzato?»

Quanta ingenuità! Quanta ignoranza! Lei si era limitata a fare un cenno di no con la testa riguardo al fidanzato, e a capo basso, rossa per la vergogna, gli disse come si chiamava e da dove proveniva.

Scoppiò a piangere ed io la lasciai sfogare, mentre inseguivo i miei pensieri e quante volte avevo desiderato fermarmi, avere una vita sociale, una famiglia. Ma nelle rare occasioni in cui avevo provato ad allacciare rapporti con uomini, vedevo scorrere davanti ai miei occhi le immagini di quelle bestie che avevano massacrato di botte le loro compagne, le foto di tutte le vittime di quelle barbarie che i media definiscono femminicidio.

Quando "Franca" riprese il suo discorso, mi convinsi che no, non potevo fermarmi. Sorrisi al pensiero dei tanti discorsi, analisi, approfondimenti, fatti da sociologi, criminologi, tuttologi, psichiatri, ognuno mi descriveva in maniera diversa. Avevo dato modo a loro di mettersi in mostra, sfoggiare la loro presunta saggezza poi, come sempre accade, per un po' il silenzio.

Qui in Italia ce ne sono di argomenti per mettersi in primo piano, come gli eventi sismici, argomento che provoca discussioni, accuse, ricerca di cause, di progetti di intervento, rimbalzi di responsabilità, per poi cadere nel dimenticatoio, senza poi aver veramente risolto i problemi.

Già immaginavo i titoli dei giornali le tavole rotonde alla TV, dopo che aver compiuto questo "atto di giustizia". Ora, però, era tempo che mi muovessi. Non ho dovuto neanche aspettare molto per attuare il mio piano. Ero stata io stessa ad aiutare "Franca", sapevo qual'era la casa dove lui abitava e il posto dove lavorava. Non mi rimase altro che prendere alloggio in una pensione di quel quartiere e studiare le sue abitudini, seguirlo dopo il lavoro per creare l'occasione per avvicinarlo "casualmente". Sarebbe stato più facile trovare la scusa di un guasto alla macchina, ma questo avrebbe comportato, in caso di indagini, che ovviamente ci sarebbero state dopo la sua morte, e inevitabilmente sarebbero risaliti a me, al perché mi trovassi lì, ma mi ero sempre più affinata nell'organizzare le cose per restare sempre nell'ombra.

A volte anche il caso ci mette del suo. La sera dopo mi trovato in una piccola trattoria per la cena ed incredibilmente, ho visto lui che entrava sottobraccio ad una donna. Proprio lui! Quello che, nelle sue dichiarazioni, sosteneva che il suo comportamento nei confronti della moglie, era dovuto alla gelosia che lei provocava! Bene! Un motivo in più per non avere scrupoli, né rimorso nel togliere dal mondo questo essere schifoso. Sono sicura che parleranno di me, del mio comportamento, come causa di quanto avevo vissuto. Parleranno di soggetto fortemente disturbato che, senza dubbio, aveva subito a sua volta delle violenze. Se in parte può essere vero, nessuno sa, né credo saprà mai, che invece sono una donna che malgrado il mio passato, ho ancora voglia di innamorarmi, di essere amata. Forse un giorno mi succederà e magari smetterò di rendere giustizia a tutte quelle donne vilipese. Fino ad ora però, malgrado ci abbia provato già tre volte, sono sempre fuggita a gambe levate, trovandomi davanti a persone che rientravano nei canoni del tipico maschio padrone e conquistatore.

Non starò a raccontare i dettagli di come verrà ritrovata la vittima: legato mani e piedi al letto, evirato e sodomizzato.

Per i posteri scrivo solo che non mi fu difficile farmi "rimorchiare". Mi è bastato passare davanti all'officina, gonna corta, chinarmi a raccogliere un oggetto e sorridere in modo ammiccante al fischio ed ai complimenti che erano seguiti. In questo mi aiuta molto avere un bel personale. Uomini? Tanto duri, tanto forti, poi basta mostrare loro qualcosa e l'unica cosa che mettono in funzione è lo scroto. Cinque minuti mi ci sono voluti, un vero record! Lui che attraversa la strada, mi fa la ruota intorno, io che faccio la titubante per poi cedere: «Sei un bel tipo, intraprendente, mi piaci›. Un appuntamento, io accetto e la sera stessa, tutto finito.

Lì su quello stesso letto dove lui aveva seviziato sua moglie. Giustizia è fatta!

"*OMICIDIO A LUCI ROSSE* – *trovato cadavere di un uomo ammanettato al suo letto. I vicini sentivano un forte odore provenire dall'appartamento. Probabilmente morto già da diversi giorni. La scena che si è presentata alla scientifica, lascia supporre che sia la conseguenza di un gioco erotico spinto fino all'estremo. Tutte le ipotesi sono aperte*".

Questa è la notizia finita sui quotidiani a tiratura nazionale. Per me significa che sono in alto mare, nel giro di una settimana smetteranno di scrivere, cercando qualche notizia per riempire quel vuoto. Ne avrei di cose, da far riempire non solo pagine di quotidiani, ma trattati interi di criminologia. Fino a qualche anno fa i criminologi erano conosciuti solo dagli addetti ai lavori. Ora, troppo spesso li vedo nei vari talk-show che i media propinano. Si sentono delle star del tubo catodico. Qualche volta sono tentata di scrivere loro: "Ma se siete così bravi e scientifici, come mai non siete mai d'accordo?"

3 . RIVELAZIONE.

Sono passati tre mesi. In questo periodo al Centro Accoglienza abbiamo dato supporto ed un nuovo alloggio a tre donne che, per fortuna, hanno avuto il coraggio di allontanarsi dai loro compagni, al primo accenno di violenza. Potrà sembrarvi assurdo, ma ne ero felice. Se tutte si comportassero così, ci sarebbero meno donne uccise e meno figli senza madri, ed io potrei vivere la mia vita! Quante, troppo notti passate insonne ad immaginare una vita con un uomo accanto, dei figli …. Ormoni impazziti, voglia di sesso, al punto che alcune sere fa, dopo una pizza con le colleghe del Centro, sono stata invitata da Giulia a restare a dormire da lei, perché abita lì vicino.

<<Tu abiti lontano, così domattina andremo insieme al lavoro, visto che abbiamo lo stesso turno>>.

Lei si è molto aperta con me. Provo un po' di rimorso ad aver evitato le sue domande sulla mia vita, anche se a volte sono stata tentata di lasciarmi andare: sento il bisogno di confidare il mio segreto, e con Giulia sono stata sul punto di farlo, di abbandonare le mie difese quando, con il dorso della sua mano, aveva preso ad accarezzarmi sul braccio. Non so ancora come descrivere quella situazione, io che sono, o almeno credevo fino ad allora, una etero, sentendo scorrere la sua mano, ho sentito i capezzoli indurirsi. Lei se n'è accorta e sorridendo: <<Vedo che non sei insensibile>> e mentre lo diceva, aveva iniziato a titillarmeli. Ho sentito un calore sciogliermi tutta e quando lei si è accostata per baciarmi, non mi sono tirata indietro.

- IO HO FATTO L'AMORE CON UNA DONNA! -

Non so se fosse dovuto ad una esplosione ormonale, o perché era da tanto che non avevo un rapporto, di certo nelle mie fantasie non lo avevo immaginato così, ma non posso negare, neanche a me stessa, che la cosa mi sia piaciuta! E deve avermi fatto anche molto bene, perché dopo mi sono addormentata e per la prima volta, dopo tanto tempo, ho fatto un sonno senza incubi. Fino al mattino seguente, quando svegliandomi, ho trovato un biglietto "*La caffettiera è già pronta, basta metterla sul fuoco. Esco prima. Ci vediamo al Centro*"

Guardai l'orologio: le 10,00 del mattino! Raggiunsi il Centro scusandomi per il ritardo. Ho passato la giornata ad aggiornare l'archivio. Dati, statistiche, provenienza e cultura delle persone coinvolte in fatti di omicidi e violenze domestiche. L'unico dato certo e costante è proprio questo: la violenza domestica non è determinata dalla condizione sociale o dal grado di istruzione scolastica. Ma tutte queste cose servono più a loro, gli addetti ai lavori. Non so a cosa possa servire farci degli studi sopra. Io so solo una cosa: chi uccide, ed in quel modo, non merita di continuare a vivere! Finché potrò io farò Giustizia! È per questo che mi presto a questo lavoro da topo da biblioteca, acquisto sempre più fiducia da parte dei colleghi che mi ritengono molto coscienziosa nel mio lavoro e, allo stesso tempo, prendo visione di indirizzi, città ed informazioni che mi aiutano ad agire in sicurezza.

<<Mi inviti da te stasera?>> non fui sorpresa dalle parole di Giulia, anzi me le aspettavo. Per questo avevo accettato di fare il turno di notte al centralino, ed erano molte le ragioni: 1° volevo capire se quanto

accaduto con lei, fosse il frutto di una prolungata astinenza dal sesso; 2° non potevo portarla a casa mia, dove c'erano foto, articoli di giornali, nomi ed indirizzi delle mie vittime. E poi, posso lasciare che entri nella mia vita? Sono diffidente e poi in fondo non la conosco. Se avesse intuito un legame tra le vittime di quando ero al telefono rosa ed il marito di "Franca"? Ero stata più che attenta. Nessuno mi aveva visto (se non una donna in pantaloni e giacca di pelle nera e capelli neri).

<<Mi spiace, ho scambiato il turno con Valentina. Non immaginavo che volessi ancora rivedermi>>

NE HO TROVATO UN ALTRO!! Rimettendo al posto l'archivio, ho trovato la cartellina di una donna uccisa, ritrovata in un canale. Il marito aveva denunciato la sua scomparsa 15 giorni prima che venisse ritrovata cadavere. Benché gli inquirenti avessero messo sotto torchio l'uomo, nulla era emerso a suo carico, per cui era stato rilasciato. Sono sicura che questa cartella non è stata più letta da nessuna delle donne del Centro. Evidentemente neanche si ricordavano di aver avuto dei contatti con lei, forse perché dopo essersi rivolta a loro, aveva detto che voleva provare a salvare il suo matrimonio: da quanto ho letto lui era un gran puttaniere e la moglie, dopo l'ennesima volta che lo aveva implorato di non tradirla, l'aveva riempita di botte.

- E LEI SI ERA SENTITA IN COLPA PER AVERLO FATTO ARRABBIARE! -

Sto studiando le prossime mosse per fare di nuovo giustizia. TROVATO! Eccolo il macho, grazie ai social è facile leggere le persone più di quanto loro stesse possano confessare. Le sue foto rispecchiano il tipo che immaginavo fosse. Tartaruga e "pacco" sempre in primo piano. Amicizie: solo femminili.

«Chi di pacco ferisce, di pacco perisce»

Ho passato una settimana a comprare tutti i quotidiani a tiratura nazionale. Solo due testate hanno scritto di un cadavere rinvenuto dopo circa una settimana dalla morte. Sicuramente la scelta di non pubblicare in prima pagina e dare risalto alla notizia, è stata presa per non innescare spirito di emulazione prima di tutto. Ma, soprattutto, perché gli inquirenti sono in alto mare nelle indagini e non vogliono fare la figura di incompetenti. Già c'erano state polemiche con i R.I.S. per come avevano svolto indagini per altri delitti. Non volevano diventare il capro espiatorio dell'inefficienza dello Stato. Ma non hanno tenuto conto della forza divulgativa di internet. Su Facebook, su Twitter circolavano post, link e vignette più che esplicite riguardo al delitto, al punto che i media ricominciarono con i loro talk show a parlarne. E di nuovo criminologi, sociologi, psichiatri e tuttologi, aggiungo io, furono chiamati ad analizzare questo fatto di cronaca del quale non volevano parlare esplicitamente, dicendo come era stato ritrovato il cadavere. Ma come tutti i "segreti di Pulcinella", anche questo venne alla luce, attraverso una talpa. A niente sono servite le censure, le cancellazioni. Ormai, loro malgrado, dovevano affrontare il problema.

Avrei voglio di gridare: <<Grandi esperti, avete sotto gli occhi le motivazioni di questo delitto! Troppo facile supporre sia da attribuire ad un marito od una donna gelosi per il tipo di vita che conduceva la vittima>>.

Ammanettato alla spalliera del letto, evirato, con il membro in bocca, non è un gioco erotico o di una donna gelosa anch'essa di essere stata tradita da un maniaco del sesso. Mi spiace solo per quelle donne trovate sul suo computer, che ora saranno tartassate e magari si vedranno rovinare le famiglie. Ma servirà anche a loro la lezione. Oltre a fare giustizia, vi ho dato modo di analizzare più a fondo i rapporti umani, la condizione della donna, troppo per voi? Più comodo per voi trovare un colpevole, da dare in pasto alla massa, per mettere a tacere e nascondere tutta l'arretratezza di un popolo che si ritiene emancipato.

4 . UN'ALTRA RIVELAZIONE.

Oggi, nel giro di pochi minuti, ho provato mille sensazioni diverse: paura, emozione, gioia …. Ero di turno al centralino. Alzando gli occhi ho visto sulla porta d'ingresso, un uomo. Cosa insolita, perché da noi arrivano solo donne disperate ed impaurite. Bello, alto, affascinante e molto elegante, oltre che molto educato. E' rimasto fermo sulla porta fin a quando ho riattaccato il telefono.

«Buongiorno, sono il Commissario Manfredo Gambarotta. Ho il cellulare di una donna che era venuta a fare denuncia. Una nostra ispettrice l'ha portata qui da voi. Vorrei che lo riconsegnaste alla proprietaria".

Non so se si fosse accorto che, mentre si presentava, a me veniva da ridere: aveva il bastone , sentirlo dire "Gambarotta"... (seppi poi che era stato vittima di un incidente durante un inseguimento). Di una cosa sono sicura: non ho tendenze lesbiche! Vedere quell'uomo ha risvegliato in me sensazioni che avevo dimenticato, o forse relegato in un angolo della mente, vista la mia diffidenza verso gli uomini. Lui però aveva qualcosa che aveva risvegliato i miei sensi. Si accorse del mio riso frenato, ma fu lui stesso a trarmi d'impaccio: «Questa guarirà, ma resterò sempre un Gambarotta!»

Ho provato una simpatia immediata per il suo aplomb e la sua ironia. Aveva intuito subito che non ero rimasta indifferente. Presi il biglietto da visita che mi aveva dato e, sfacciatamente, gli dissi: «E' solo per chiamarla per questioni di lavoro?»

Capì al volo il mio invito, affatto velato.

«Assolutamente no. Spero di rivederla, non in questa ma in altre circostanze, senza parlare di lavoro».

Si può a 30 anni provare un'emozione così forte da far battere il cuore, come a una sedicenne? Si può eccome, ed era quello che avevo provato io. Rimasi a fantasticare tutto il giorno sul come, quando e cosa avrei fatto quando lo avessi incontrato. Per distogliermi da quel pensiero, per distrarmi presi a riordinare l'archivio. Non capisco perché continuino ad archiviare tutte quelle carte. L'unica risposta che potevo darmi era che fossimo sempre a corto di fondi. Molte volontarie provvedevano di tasca propria a comprare carta ed inchiostro per la stampante. Altre ancora avevano fatto qualche colletta per le spese di prima necessità per le donne che indirizzavamo in case protette. Provo rabbia nel pensare che i Centri di Recupero per i tossicodipendenti abbiano più fondi dei Centri come il nostro ai quali arrivano solo le briciole. Non voglio fare paragoni, non sono la persona adatta. Dico solo che se si avessero più mezzi e personale qualificato, adottando leggi più mirate, si potrebbe salvare la vita a tante donne. Ecco che risale in me la voglia di vendetta e di giustizia.

Oggi devo dire che la giornata è stata proficua: mentre ancora cercavo un pretesto per chiamare Manfredo, come se mi avesse letto nel pensiero, eccolo qui. Strafelice ed emozionata, ma non è qui per me. O meglio, è qui per servizio ma, col suo grado, poteva mandare un sovrintendente quindi, se ha deciso di venire di persona, lo ha fatto anche per me. Mi accenna un saluto e si dirige verso l'ufficio di Giulia. Ho i crampi allo stomaco, forse per paura che quando uscirà, se ne andrà salutandomi e basta? Così ingenua da essermi creata un film? Eccolo! Trattengo il respiro! ....

<<Ciao, scusami per prima, ma dovevo sistemare una cosa. Prima il dovere e poi il piacere, e per me sarebbe un vero piacere, se tu accettassi di venire a cena con me. Non prendermi per uno troppo sfacciato ma, non sapendo se avrei avuto un'altra occasione per farlo di persona, ne approfitto ora>>.

<<Sincerità per sincerità, se non lo avessi fatto tu, ti avrei telefonato io. In tal caso ti sarei apparsa veramente molto più che sfacciata ma, se le circostanze sono queste, perché non coglierle al volo? Carpe Diem. Non siamo più due ragazzetti>>

<<Bene, mi fa piacere. Immediata e diretta, senza false ipocrisie. Se per te va bene, possiamo vederci stasera stessa. Ti va di andare a cena fuori?>>

<<Va bene. A che ora?>>

<<Dimmi tu, quando vuoi che passi a prenderti?>>

<<Non c'è bisogno che tu venga a casa mia. Vieni direttamente qui alle 20.00>>

<<D'accordo, a stasera allora>>

Fortunatamente porto sempre con me una sacca con qualcosa di ricambio ed altro, che ho messo nell'armadietto. Una precauzione che ho preso per qualsiasi imprevisto mi fosse capitato ed ora mi torna molto utile. Non posso permettermi di ricevere, tanto meno lui, in casa mia. Troppi ritagli di giornali, foto, indirizzi, tutte cose che anche al più sprovveduto sarebbero apparsi come qualcosa di inquietante. Per altri potevano apparire come collezione di una maniaca, ma per Manfredo indizi che non potevo giustificare in nessun modo.

La prima sensazione piacevole, la provai quando venne a prendermi e mi trovò cambiata d'abito.

<<A costo di sembrarti banale e scontato, permettimi di complimentarmi con te. Così vestita, mostri tutta la tua femminilità>>.

Credo di non aver mai passata una serata così. Buongustaio, buon commensale, buon intenditore, ottima scelta di vini. Ascoltandolo mi rendo conto di quanta vasta sia la sua cultura. Se non sapessi che lavoro fa, potrei attribuirgli qualcosa di più consono alle sue qualità, non solo quelle umaniste!

Dopo quella occasione, i nostri incontri, le nostre serate erano diventati sempre più frequenti ed era già da un anno che la nostra storia andava avanti, quando Manfredo, in occasione di una cena, si era presentato vestito elegantemente e con un mazzo di rose. Per istinto avevo sentito che qualcosa di importante stava per accadere, qualcosa che desideravo ma, allo stesso tempo, temevo.

<<Spero di non cadere nella retorica, come nel più classico dei corteggiamenti, ma vorresti venire a vivere con me?>>

Con il cuore in tumulto e le tempie che pulsavano violentemente, mi sentivo risucchiata in una spirale di sentimenti contrastanti tra di loro: dividere la mia vita con lui, avrebbe significato rinunciare definitivamente alla mia missione. Era ciò che volevo veramente?

L'istinto di donna innamorata mi portava a desiderare ardentemente di pensare a cambiare la mia vita ed a star bene con me stessa. Restai a dormire a casa sua ed al mattino, quando lui, dopo avermi portato il caffè a letto, mi salutò per andare al lavoro, telefonai in ufficio per informarli che mi sarei presa un giorno libero. Volevo provare quali sensazioni mi poteva dare vivere in quella casa ed entrare di più nella sua intimità, appartenere a qualcuno. Mentre tutti questi pensieri affollavano la mia mente, il mio cuore aveva già deciso.

Lasciai un biglietto: "Preparati ad una invasione nella tua vita da scapolone".

Ma sarà veramente l'epilogo di Laura K?

YESTERDAY

«...di nuovo la cena aziendale, che palle!» Fu questa, la prima reazione di Andrea, all'annuncio del capo settore.Programmatore di una azienda informatica, leader nel settore, doveva aspettare altri tre anni, a causa della legge Fornero, prima di andare in pensione. Ciò significava altre tre cene, senza contare quella di addio per lui stesso.Odiava, quel rituale, sempre uguale: colleghi, che si vestivano come per un matrimonio, colleghe "restaurate" per sentirsi dire, dai colleghi di altre sedi, che non erano invecchiate affatto, i plurisposati, che avrebbero fatto la ruota alle nuove arrivate e, immancabilmente, pettegolezzi a iosa. Ma, cosa più mortale: si sarebbe parlato di lavoro per tutto il tempo.Ma sarebbe andato lo stesso, perché al rientro in azienda, la sua mancanza, avrebbe dato la stura a mille ipotesi e lui, non voleva rispondere alle domande insinuanti, che spesso gli venivano rivolte. «Come mai, non hai ancora trovato l'anima gemella?» era un classico, sembrava una parola d'ordine.Ma questa volta ci sarebbe stata una variazione sul tema. Andrea aveva in mente qualcosa.Già da un mese, stava facendo le prove in casa. Si era comprato una scatola di bicchieri da flute, ed ogni sera si esercitava.Venne l'ultimo sabato del mese. Ridendo sotto inesistenti baffi, Andrea si vestì, immaginando i suoi colleghi, tutti in "ghingheri".Lui aveva deciso:jeans, mocassini e polo, almeno ci sarebbe stato un motivo, del tutto inaspettato, per aprire un nuovo argomento di discussione.Quando la cena, era quasi al termine, mentre molti, dopo essersi rimpinzati (tanto era tutto pagato) e sorseggiarono, l'amaro, il grappino.

«Sai mi aiuta a digerire» sarebbe stata la giustificazione di Alfonso, suo collega, che a quel punto, si sarebbe allentato cintura e cravatta, per essere più libero. Dopo il discorso dell'AD si sarebbero fatti i fatidici "quattro salti".Andrea bevve l'ultimo sorso, dal suo bicchiere, lasciandone un dito nel fondo e quando, l'AD, alzandosi dalla sedia fece tintinnare il suo bicchiere, per richiamare l'attenzione dei commensali, intinse l'indice nel suo calice, per inumidirlo, cominciò a farlo roteare sul bordo del bicchiere. L'intento, era quello di farlo arrivare ad un volume di decibel, da sfiorare gli ultrasuoni.Prese a girare vorticosamente, con una leggerezza, come sfiorasse i capezzoli di una donna, fino a che, non sarebbe esploso.Era questa la sua intenzione : meravigliarli e zittirli tutti, ma accadde qualcosa di incredibile: quelle vibrazioni, si tramutarono in musica. "Yesterday"! Era proprio quella musica. Ancora non riusciva a credere alle sue orecchie. Non era possibile! Eppure, tutta la sala, si era alzata in piedi a bocca aperta. Ritrasse la mano, e subito scoppiò un applauso fragoroso.«Bravo! Fantastico...» possibile fossero talmente intontiti da non accorgersi,che non era stato lui, a produrre quel suono?Mentre l'AD, iniziava la sua tiritera, mostrando grafici e percentuali, Andrea, senza farsi notare, uscì.Giunto a casa, prese un bicchiere, ci mise dell'acqua, inumidì il dito e... quel suono, si riprodusse: "Yesterday"...La mente andò indietro nel tempo, quando i Beatles, l'avevano lanciata. «Marina, dolce Marina, era la nostra canzone... mi stai forse chiamando? Per scherzo, mi dicesti: - non troverai nessuna come me, tu mi aspetterai e quando io, ti chiamerò, tu verrai da me».

ANNA E MARCO

Mi sono sempre ritenuto una persona pragmatica e realista, con una visione sfatata della vita. Ma quella mattina, una serie di eventi....

21/08/2015. Sono uscito di casa, sto andando al mare; salgo in auto ed appena acceso lo stereo, parte la musica: "Anna e Marco". Così l'ho canticchiata (tanto ero solo), fino all'arrivo. Armato di un badile e un secchiello... (tranquilli, non andavo a fare castelli di sabbia), raggiunta la riva, affondo il badile nella sabbia bagnata, rivoltandola, così che la risacca lascia scoperta la "arenicola". Per i profani, trattasi di vermicelli che servono per la pesca con la canna. Certo, i pescatori "della domenica" le comprano nei negozi di attrezzatura per la pesca. Ma a me piace, passare la mattina con i pantaloni rimboccati fino alle ginocchia e i piedi che si lasciano accarezzare dalla risacca. Altre volte, nel fare questa operazione mi è capitato di trovare oggetti preziosi. Una catenina, un orecchino, un braccialetto... e anche una dentiera. Già, sembra assurdo ma è così. Ma quel giorno, chiamiamole coincidenze, o chi ne è affascinato, un segno del destino, la risacca riportò alla luce una fede nuziale. Sicuramente appartenuta ad una donna, visto che a malapena mi entrò nel mignolo, costringendomi a toglierla subito. All'interno una incisione: ANNA E

MARCO 21/8/1975 FOREVER. Rimasi dapprima sbigottito, poi pensai fosse uno scherzo giocato dai miei amici che conoscevano il mio scetticismo. Ma riflettendo non potei che constatare che era una coincidenza. Assurda, inverosimile, ma solo coincidenza: la canzone di Dalla alla radio, la data, seppure a distanza di 40 anni.

40 anni! Chissà che faccia avrebbe fatto la persona che l'aveva perduta, se fossi riuscito a fargliela riavere. Certo sarebbe stato arduo, anni indietro, oppure lasciarla al mare in un messaggio in bottiglia, come si legge nei romanzi. Ma con l'avvento di internet, pensai: "E se lancio un appello sui social network?!" Con l'aiuto di un amico avvezzo a "navigare" fotografammo l'anello e postammo l'appello chiedendo la massima condivisione. Da parte mia, ben poco incline a credere che mai avremmo ricevuto risposta. E invece... a distanza di 4 mesi ricevetti un messaggio, era Anna. Però non mi ringraziava per averle ritrovato l'anello.

<<Puoi anche buttarlo come ho fatto io, una settimana dopo che mi ero sposata. Oppure puoi ricavarne un ciondolo a forma di verme, (le avevo spiegato le modalità di come l'avevo trovato), come quel verme che me l'aveva messo al dito, giurandomi amore eterno, mentre mi aveva portato su quella spiaggia solo per incontrare la sua amante, che aveva da 5 anni>>.

Provai profonda amarezza nel leggere di quella donna ferita ma al tempo stesso so che il mare, dopo ogni tempesta, ritorna calmo. Chissà, magari l'unico segno del destino che può avermi lasciato questa storia è di continuare a sperare con ottimismo, guardando quel mare.

FINALMENTE A CASA...

Cumuli di macerie facevano corona a quella che era stata la più grande atrocità compiuta dall'umanità: la seconda guerra mondiale.Peppiniello, così lo chiamavano i suoi familiari, stava tornando a casa.Già! La sua famiglia... era un anno che non ne aveva più notizie ed anche lui era consapevole che, anche loro, non ne avessero ricevute. Ma ora, a guerra finita, lui, ancora vivo e incolume, sopravvissuto a quegli orrori, si chiedeva se e dove ritrovare i suoi.Ma già da lontano, vedendo le macerie del suo paese, cominciò a temere il peggio.Si avviò al "palazzo del Podestà'", che vedeva ergersi scheletro ma in piedi.Su un muro, bucherellato da colpi di mitra e mortai, migliaia di foglietti.Si avvicinò col cuore che aveva cessato di battere. Riconobbe la scrittura di suo padre: «ci siamo alloggiati nel capanno degli attrezzi del principe di.....». L'ansia di Peppiniello si tramutò in un pianto a dirotto e, con gli occhi appannati dalle lacrime, cominciò a correre verso il rifugio dei familiari.Per tutto il giorno e tutta la notte, fino all'alba, si raccontarono gli avvenimenti.Chi morto sotto i bombardamenti, chi ferito, chi aveva perso qualche familiare, chi avendo possibilità economiche, se ne era andato nei casolari di campagna, dove il rumore della guerra arrivava con boati sommessi, ma la vita continuava. Ora, di nuovo tutti riuniti, avevano il problema di ritrovare un alloggio.Al mattino, padre e figlio, i due uomini di casa, si avviarono al centro di sussistenza dove distribuivano alimentari di provenienza americana. Cosa surreale, perchè tutto scritto in inglese.A loro toccava aprire e assaggiare, per capire di cosa si trattasse, ma l'importante era mangiare, rimettersi in forze: per la ricostruzione ci sarebbe stato lavoro per tutti!Erano stati adibiti ad alloggi, edifici sgombri, ma ancora in piedi, sul vialone che conduceva alla stazione. La sua famiglia, composta da otto persone, presero possesso al primo piano dell'edificio scolastico. Enormi stanzoni che avrebbero dovuto dividere con altre famiglie.Ogni famiglia si creava il proprio spazio, stendendo delle corde sulle quali appendere delle coperte militari che avevano dato loro. Un solo bagno ad ogni piano, che avrebbero dovuto condividere, finché non sarebbe stato assegnato loro un alloggio.Cosa che avvenne, ma dopo ben due anni. Nel frattempo, Peppiniello, aveva trovato lavoro come "immondezzaio"; svuotare i secchi di rifiuti di alluminio, ricoperti con carta di giornale e riempire il sacco di stoffa sulle spalle, lasciando colare tutte le parti liquide sulle spalle.Ma Peppiniello svolgeva il suo lavoro con un unico pensiero: «un giorno avrò una casa mia, avrò dei figli e li farò vivere con dignità»E a 30 anni realizzò il suo sogno. Ebbe una casa sua, un tetto per proteggere la sua nuova famiglia.Ma il sogno si interruppe ben presto, il boom economico aveva cambiato desideri e aspettative di molti italiani, sua moglie compresa.Le campagne si svuotavano. Le città diventavano degli agglomerati che accoglievano quanti, emigrati dal sud, sognavano una casa, elettrodomestici, televisore, e qualcuno addirittura una "Topolino", riempiendosi di cambiali per anni ed anni.Solo Peppiniello non voleva soccombere al consumismo. Per questo sua moglie l'aveva lasciato, ed ora, vecchio e malandato, ma ancora lucido, ricordava quegli avvenimenti con tristezza.La sua casa? Un ospizio!

L'ISOLA CHE NON C'E'

Ed eccomi, nel 2014, a fare un bilancio della mia vita. Cerco di illudermi che sia tarata male, forse per giustificare il fatto che penda tutta da una parte?Mai avrei immaginato che, quando pensavo di non aspettarmi più niente, un amico, ascoltando il mio elucubrare sulle delusioni della vita, come quella di fuggire da tutto e da tutti, andarmene in un'isola sperduta, a fare il guardiano del faro sì, gli avevo raccontato che, cercando nel web, avevo trovato dei paesi che offrivano la possibilità di questo "lavoro" anomalo. Si trattava di risiedere in un' isoletta sperduta, aperta al turismo solo sei mesi l'anno. Ahimè, purtroppo anche lì grossa delusione: si richiedeva conoscenza della storia e di almeno due lingue parlate.

«Ma ancora credi che possa esistere un posto isolato nel mondo? Non sai che anche gli isolotti più sperduti se li comprano i miliardari, russi, cinesi, per farne il loro paradiso?»

Già, è vero, pensai. Però questo riportarmi alla realtà fece scattare in me un senso di ribellione. Non volevo cedere alla ennesima sconfitta. Smanettando su internet, per navigare con la fantasia, guardai i voli lowcost, last minute, le località... una mi colpì: 19 euro, volo S.Elpidio-Cagliari.Mai avrei immaginato che, prendendo quella decisione così repentina, la mia vita avrebbe preso una nuova piega.On-line prenotai il volo, con la mia vecchia "carolina", dopo aver messo quattro "stracci" in un borsone, raggiunsi l'aeroporto.Ed eccomi qua: cartelloni pubblicitari che invitano a visitare Capo Spartivento.Un bus navetta era pronto a caricare quanti dovevano raggiungere l'hotel. Salii anche io. L'autista non chiese niente, si limitò a caricare i bagagli degli ospiti, compreso il mio, che mi guardai bene a dirgli che non ero diretto lì ma volevo almeno vedere questo posto, prima di far ritorno, la sera stessa, alla mia "prigione". Così ormai definivo il luogo dove vivevo.Cercando di darmi un'aria da turista, entrai nel bar dell'hotel. Una signora sorridendo gentilmente, mi fece notare che a quell'ora, non servivano.

«Volevo solo una bottiglia di acqua, sa, in aereo non fanno passare con le bottiglie, neanche di plastica» «Nella sua camera, troverà tutto ciò che le occorre» le confessai candidamente che non ero cliente dell'hotel. Molto sorpresa e sicuramente incuriosita, mi chiese come mai mi trovassi lì. Non so perché, o forse vedendo la sua disponibilità, le raccontai di questa mia "fuga dalla realtà".Rimasi colpito dal suo candore, quando mi disse che, finito il suo lavoro (era là solo per le pulizie), mi avrebbe accompagnato a visitare il faro di Capo Spartivento.Ora sono ancora qui. La mia auto, la vecchia "carolina" ferma in quel parcheggio, chissà se si rimetterà in moto quando tornerò. Ma tornerò?

Si sta così bene qui, con Gavina che non chiede niente di me, né del mio passato.........

L'UOMO E' CACCIATORE?

Me lo sono sempre chiesto. Quante volte nel corso degli anni ho sentito questa frase: "l'omo è cacciatore"! E la cosa che più mi meravigliava era che a pronunciarla fossero donne che erano state tradite. Qualcuno crede, ancora oggi, che sia così. Per esperienza personale posso dire che non l'ho mai riscontrato anzi, ho verificato il contrario e quando sento qualche maschio alfa dire:<<L'ho conquistata>> (nel dialetto popolare era: l'ho rimorchiata) mi viene da sorridere col rischio di offendere la loro mascolinità. Adesso molti uomini mi odieranno, ma se sono onesti con loro stessi, sanno che, con certi atteggiamenti, frasi e comportamenti sono le donne che ci fanno capire se possiamo avvicinarci a loro. Purtroppo l'ignoranza, la mancanza di educazione in merito, visto come scrivevo sopra "l'uomo è cacciatore", spesso un solo sorriso (a volte neanche quello), fa sì che il cosiddetto maschio alfa assuma un comportamento da Bestia, nei confronti della donna. Ma non voglio parlare di questo, non sono né un antropologo né un sociologo. Voglio raccontare la mia esperienza da giovane, molto riservato e timido, poi da "grande" dopo l'insegnamento di una donna che mi ha fatto maturare come uomo.

Dicevo, dunque: prima perché timido, poi perché non mi è mai piaciuto importunare le donne, non mi sono mai sentito un "conquistatore". Voglio raccontare la mia storia, parafrasando la poesia del grande Totò "Me ne

uscivo da casa, tomo tomo, per andare al lavoro ",
spero non me ne voglia. Mi piaceva recarmi al lavoro a
piedi, erano solo 5 km che facevo la mattina presto,
alle 6:30. Anche perché con l'auto avrei dovuto, oltre
al traffico, sclerare per il parcheggio in centro. Mi
astengo volutamente dallo scrivere nomi e luoghi,
anche perché è il fatto stesso che voglio raccontare,
senza coinvolgere terze persone.

Ogni mattina, alla stessa ora, una ragazza con passo
svelto percorreva la mia stessa strada: andava alla
stazione per prendere il treno, mentre io, con calma,
mi fermavo a prendere il caffè al bar (sempre creduto
fosse più buono di quello di casa). In una di quelle
solite mattine, uscendo dal portone, vidi la ragazza
camminare con passo più accelerato del solito, perché
un "pappagallo" la stava importunando seguendola con la
sua auto. Mi innervosii, dispiaciuto per lei e
indispettito come uomo, perché dovevamo sempre farci
riconoscere come "provoloni" o "galletti" che dir si
voglia. Fu un attimo, senza riflettere mi ritrovai ad
attraversare la strada e ad apostrofare il soggetto. In
termini civili gli dissi di smettere di importunare la
ragazza.

Letteralmente in gergo:<<La pianti de rompe li cojoni a
una che sta' a annà a lavorà? Che te credi, esce de casa
a quest'ora pe' la bella faccia tua?>>

Non so se se mi avesse visto alterato o pensasse fossi
un parente, il tipo si allontanò e da allora non lo vidi
più. Passò qualche mese, neanche ricordavo

quell'episodio, una mattina mi chiamò il mio direttore e mi presentò la nuova assunta stagionale.

Lei si rivolse a me:<<Piacere e grazie per l'aiuto che mi desti quella mattina>> e alla mia espressione come di chi casca dalle nuvole <<Quando cacciasti quel tizio in auto che mi stava importunando ...>>

Rammentai subito l'episodio. Devo dire che l'avevo sempre vista di spalle. Non era niente male. Seppi poi che aveva 30 anni, divorziata con una figlia. Che fosse divorziata lo si poteva anche intuire soltanto dai comportamenti dei miei colleghi. Sembrava una gara fra "mosconi" a chi riuscisse a posarsi sul miele. A turno li vedevo gironzolare intorno a lei con le scuse più banali. Io invece avevo avuto pochi scambi di parole, se non inerenti al lavoro ma lei, seppi dopo, si era incuriosita del mio comportamento: benché fossi sigle non mi ero impegnato a "conquistarla".

Fu lei stessa, una sera, a rompere il ghiaccio chiedendomi:<<Hai qualche impedimento o ... gusti "strani"? Perché so che sei libero ma non fai come i tuoi colleghi, eppure di donne che lavorano qui ce ne sono molte>>

Non avrei neanche voluto rispondere a quelle domande, ma come tutti i "maschietti", mi sentii punto nel mio orgoglio di uomo

<<Prima di tutto, non ho gusti "strani"; secondo, non mi piace comportarmi come i miei colleghi, dovresti averlo capito da quella volta del tizio che ti molestava (ma anche grazie all'insegnamento di una donna che ha

attraversato la mia vita, ma questa sarà la mia prossima storia e le darò il nome di Antonia). E poi non ho il fisico da macho-man. E' dalle 7:00 di questa mattina, ora sono le 21:00, che lavoro. Ora vado a casa, neanche cucino, un pomodoro spaccato e buona notte>>

Fu tre sere dopo che notai le sue manovre per rimanere per ultima a consegnare il resoconto della giornata. Indispettito pensai "Ecco, sta aspettando per potermi parlare, per farsi un po' di affari miei". Seppi poi che aveva chiesto informazioni ad una sua collega. A me invece non chiese niente e appena firmata la distinta:<<Vieni a cena da me?>>

Stavo per risponderle "grazie, no" (mi sarei dovuto imbarcare in una motivazione che non avrebbe creduto, allo stesso tempo pensai che non stavo facendo niente di male e che non ferivo nessuno).

<<Perché no?>>

<<Bene, allora uscita da qui ti aspetto alla fermata del bus, non vorrei crearti problemi>>

Espletai le mie mansioni come un automa, mi sentivo come un ragazzetto alla sua prima esperienza. Detti la buonanotte al mio superiore e, salito in auto, tergiversai aspettando che partisse prima lei. Appena N (uso solo la sua iniziale) mi disse l'indirizzo partii, non ci dicemmo niente fin quando arrivammo. Viveva in un monolocale molto ben arredato, mi fece accomodare sul divano.

<<Mi faccio la doccia prima io, così poi mentre ti lavi, preparo la cena>>

Vi aspettate che vi racconti di una notte di fuoco? Sbagliato, aprii gli occhi che erano le 7:00 di mattina e io avrei dovuto essere già al lavoro.

Partii insalutato ospite, non mi ero né lavato né cambiato; mezz'ora di ritardo e la battute dei miei colleghi che per mia fortuna erano limitate al fatto che lavoravo troppe ore al giorno, cosa che facevo anche per riempire le mie giornate vuote. Troppo intento a recuperare il tempo perso, non mi ero reso conto che erano le 9:00 di mattina, l'orario in cui N timbrava il cartellino.

Quando la vidi venirmi incontro, d'istinto cambia direzione, non so se per vergogna per la nottata o timore che mi dicesse qualcosa davanti ai miei colleghi. Ci pensò lei a togliermi dall'imbarazzo

<<Tranquillo, può succedere quando si lavora troppo. Ci riproviamo stasera>>

Tutto il giorno, anche quando ci incrociavamo, non ci scambiammo neanche una parola. Da quella sera iniziò la nostra storia, di puro sesso all'ennesima potenza. Non mi inoltrerò nei dettagli, per non stimolare pensieri pruriginosi. Vi dirò soltanto che mi dette le chiavi di casa con queste parole:<<Quando vuoi, non ho legami né problemi, puoi venire in qualsiasi momento. Al massimo ci troverai mia figlia in questo periodo che le scuole sono chiuse, ma poi starà a casa della nonna, vicino alla scuola e a tutte le sue compagnie. A lei dirò solo che ora ho un "fidanzato" che per lavoro non può vivere con me>>

Rimasi interdetto, stupito da quelle parole ma, al tempo stesso, sentii che era sincera. Malgrado dopo la mia storia con Antonia, quando avevo 17 anni (ne erano passati 8), avessi avuto più delusioni che piacere, ebbi fiducia e inizia la mia storia con N.

Vabbé, non prendetemi per moralista o bacchettone, vi dirò che con N ho provato emozioni, sensazioni che non pensavo di poter trovare. Devo confessare che non sono mai stato uno "stallone", ma con N, sarà che ero molto giovane, ho passato delle notti intere, salvo poi il giorno dopo rallentare di molto le mie prestazioni lavorative, delle quali non mi accorsi solo io, ma anche i miei colleghi e i miei diretti superiori. Perciò decisi di rallentare quel ritmo e qualche sera, dopo cena, uscire per un gelato, una passeggiata sul lungomare e, a mezzanotte, tutti a nanna. Rivado con la memoria a quei giorni, belle serate, qualche volta in pizzeria, gelateria, amici ecc. .. ma sempre e comunque solo serate. Forse è per questo che, anche se mi stavo affezionando a lei, decisi di interrompere la relazione.

Le parlai e le dissi sinceramente tutto. Solo allora lei si aprì completamente.

<<Sinceramente speravo che tu mi chiedessi di andare a vivere insieme. Mi sono innamorata di te fin dai primi giorni, ma questo non deve impedirti di vivere la tua vita. Ti auguro il meglio>>

Mi baciò, le lasciai le chiavi che mi aveva dato, me ne andai con un senso di amaro e la sensazione di aver fatto la scelta sbagliata. La beffa di tutto ciò? Di non aver detto tutto da parte mia, molto tempo prima. Avevo avuto timore di invadere la sua vita, convinto che le piacesse quel tipo di relazione. Molte volte ero stato sul punto di chiederle di vivere insieme e invece

....

Non rimpiango nulla, per chi mi legge, spero che serva di lezione: apritevi sempre, nel bene o nel male, dirsi sempre tutto è l'unica regola che va bene in una storia d'amore. Io l'ho imparato dopo diversi passaggi degli "anta" ma se lo fate entro gli "enta" affronterete la vita serenamente.

FINCHE' C'E' VITA....

No, mai e poi mai, avrei pensato che, alle soglie dei 66, avessi desiderato che un giorno quei due sei possa arrivare a vederli capovolgersi.

Se penso con quanto accanimento ho cercato di avere qualcuno accanto! E più non riuscivo ad accapezzare qualcosa che mi facesse trovare serenità, più mi lasciavo accalappiare da chi invece mi ha fatto accapponare la pelle.

Ma bando ai brutti ricordi, ora sono nella fase dell'accarezzamento.

Niente di più piacevole che lasciarsi accarezzare in poltrona e, la mattina, in accappatoio, tornare a zufolare vecchie canzoni.

GiGGi

SOMMARIO

CONTATTI

www.casa-lucaioli.it
email giggi1950@outlook.it
https://www.facebook.com
https://www.linkedin.com
https://twitter.com

Printed in Great Britain
by Amazon

33363700R00097